새롭고 낯설게 보이는 순간

새롭고 낯설게 보이는 순간

휴엔스트리

일상에서 일어나는 일을 소재로 삶을 이야기합니다. 선한 사슴의 눈으로 읽어주는 독자들의 마음을 단방에 동요하게 한다는 것은 쉽지 않습니다. 문학의 대가大家도 아닌 제가 독자 여러분들에게 이렇게 큰 바람을 요구하는 자체가 무례한 일인 것 같습니다.

집 가까이 제가 좋아하는 공원, 잔디 언덕에 오솔길이 여러 개 있습니다. 오솔길을 외로이 거닐다 문득 떠오르는 삶의 조각들을 자주 갈무리해둡니다. 삶에 대한 주제의 실마리라고 생각하면서 그것을 텍스트로 옮겨본 적이 한두 번이 아닙니다.

이른 봄, 이 잔디 언덕에는 이름 모를 나뭇가지에 싹이 돋아나지요. 자세히 보면 무기력에 빠진 저에게 힘을 돋게 해주어 늘 고맙게 생각합니다. 그것은 꼬물꼬물 소립자 같아 정말 신비롭기도 하거니와 온전한 잎사귀가 되기까지 새싹의 모습은 아름답기 그지없습니다.

새싹이 완전히 펼치려면 아직 몇 주는 더 기다려야 할 것 같습니다. 결국 봄 여름 가을, 세 계절이 끝날 무렵엔 탈색이 된 자태로 의젓이 인간들에게 갈채도 받을 것이지요.

삶도 마찬가지입니다. 저도 이제 그러할 때가 된 것 같습니다. 꽉 익은 열매의 향긋한 냄새, 어느 누가 맛보더라도 그 부드러운 열매의 진미는 저의 크나큰 보람이고 보물일 것이기 때문입니다.

저의 삶 이야기를 세 번째로 조그마한 책에 새겨 놓았습니다. 우물쭈물하다 정말 이렇게 되었습니다. 그러나 후회하지 않습니다. 최근 일어났던 삶을 반추하며 동시대에 사는 한 사람의 작가로서, 교수로서 독자 여러분들에게 메시지를 전해주고 싶습니다.

책을 읽고 고개를 끄덕여줄 선한 아량을 선물로 주신다면 저로선 더 이상 바람이 없겠습니다.

2020년 이른 봄
마두동에서 저자

3부

「 세월의 물살에도 방향을 잃지 않는 지혜로 」

4부

「아이가 묻기를 '풀'이란 뭐죠?」

가을 우체국 앞에서 누군가를 기다림은 애잔한 마음이
더해짐으로 가을이 오지 않아야 한다.

가을 하늘 흰 구름에 고추잠자리 무수히 나는 모습 어찌 보려고!
맑은 가을 하늘에 검정 붓으로 주욱 그어 보고 싶은 마음이 솟아오르니 싫다.

가을 산길을 가다 툭 머리통에 꿀밤 한 대 맞기도 싫으니
어찌 이 가을을 맞이하겠나!
황갈색 단풍 숲 속에서 나를 부르는 누군가 있을까 봐 가을이 싫어진다.

- 본문에서

1부

가을 우체국 앞에서
누군가를 기다려요

서산 해 질 녘에서 꿈을

- 티백tea bag 같은 인간 -

&

날씨가 약간 쌀쌀하여 윗도리는 내가 좋아하는 옷으로 바꾸어 입었다. 이 윗도리는 꽤나 세월이 흘렀다. 내가 알기에는 20년 가까이 된 듯하다.

륙색을 많이 메고 다녀서인지 옷 뒷부분에 흰 줄 모양으로 닳아있다. 멜빵에 수없이 부딪혀 삶의 흔적을 새겨놓은 것이다. 정장 차림을 하고 멋을 낼 때는 좀 부끄럽기도 하지만 개의치 않으려 한다. 입고 있으면 옷이 편하여 매우 좋기 때문이다. 싫증도 나지 않고 남 보기에 평범한 우리의 보통 아저씨로 보일 듯해서다.

어느 때는 윗도리를 멋있게 입고 다니고 싶은 강렬한 충동이 일어난다. 더 아름답고 멋스러운 것으로 말이다. 흔한 장소에서 판매하는 물건이 아닌 고급스럽고 때깔 있는 품격의 옷을 입고 싶은 거다.

멋들어진 윗도리에 걸맞은 우아한 바지를 골라 콤비로 입고 나가면 신바람이 날 것 같다. 당연 그런 옷이라면 마음도 멋스러운 품격으로 맞추어야 할 텐데…. 말과 행동도 거기에 맞게 품위가 있어야 할 텐데….

우리는 늘 사람을 만나고, 사람과 대화하고, 사람들과 맛나는 음식을 먹는다. 그리고 커피숍에서 여유롭게 차의 진미를 맛보는 그런 일상에 살고 있다. 어느 누구든 고매하고 고운 홍엽의 가을에 감동하여 어쩔 줄 모른다. 가족 친지나 연인이 옆에 있으면 함박웃음을 짓거나 사진으로 추억을 남기기도 한다. 이러한 일상의 평온한 마음을 갖고 살아가는 일이야말로 정말 찬연하지 않은가.

11월이 시작된 지 얼마 되지 않는다. 집을 나서면 길가의 가로수는 이제 하루하루 그 잎새가 농후하게 색칠을 하고 있다. 그뿐인가. 내가 좋아하는 잔디 언덕의 잔디는? 그 주위를 둘러싼 가을 나무의 큰 잎새, 노랗고 빨갛게 물든 마르니에와 오동나무도 오늘따라 길손에게 지나치게 환대를 받아 어쩔 줄 모르는 것 같다. 정말 아름다운 가을이다.

이제 머지않아 새해라는 찬란한 신년을 맞이한다. 세상 사람들의 마음은 두근두근할 것이다. 하고 싶은 신년의 일들이 올해보다 많아 보여 나름 다짐이 대단한 것 같다. 개인의 삶에 가치가 있고 자존감이 내재한다면 누구보다 뒤지지 않는 삶을 살아갈 수 있는 것은 당연한 일이다. 일종의 한없는 욕심이지만 이런 의욕은 건강에도 좋을 것이다. 끝없이 인간은 앞으로 정진해 나아가야 하기 때문이다.

탐구하고 싶은 내용이 있다면 무엇이든 가리지 않을 거다. 대상을 랜덤하게 골라 지혜를 쌓아가 다가올 역경의 삶을 헤쳐나가야 한다. 커피 한 잔 테이크아웃하여 온기를 느끼면서 책방 점두에 진열되어 있는 서적들을 훑어서 가보라. 자신도 모르게 눈알이 총명해지고 정신이 집중될 거다. 어떤 보물이 숨어있는지 놓칠세라 눈망울은 또롱또롱해진다.

가끔 들르는 코너로 가본다. 무거운 철학 개념, 가벼운 심리 분석, 손에 넣고 싶은 아름다운 글, 닮고 싶은 고명한 저자의 지혜, 인용하고 싶은 명언, 감동스러운 그들의 외침 등 여기저기 보석 같은 삶의 지혜가 알알이 박혀 있다.

어느 때는 며칠 밤을 새우고 싶은 마음이다. 얼마든지 책속을 날아다닐 수 있으니 감동스럽지 않은가? 이상한 일이 아니다. 삶에서 가장 중요한 변환기가 찾아왔음을 뜻하는 것이 아닐까? 멋진 글에, 멋진 표지 레이아웃을 걸고 나름대로 진정한 삶을 이야기하고 싶은 충동제가 될 것 같다.

이제 경험한 삶의 방식도 많이 익혔으니 잘 대처해 나가는 일만 남기고 있다. 무엇인가를 세상 사람들에게 이야기하고 환영받는 유토피아 속으로 빠져들고 싶다. 세월의 물살에도 방향을 잃지 않는 지혜의 인간으로 나이 들고 싶다. 마치 티백tea bag 같은 인간으로 말이다. 멋진 삶의 전환이 되도록 기원한다.

(2019. 11. 8.)

광화문 소나타

– 내 것은 도대체 어딜 갔나? –

☯

오랜만에 서울 광화문을 걸어본다. 벌써 몇 년이 흘렀는 가. 생각해보면 수십 년이 다 된 것 같다. 대학 신입생 때의 광 화문을 생각하면 말이다. 광화문 뒷골목 재수 학원에서 시련을 겪었던 그때를 회상해보면 감회가 새롭다.

지금 그 길을 걷는다. 그때 광화문 네거리의 코너에, 주로 한국 영화를 상영했던 국제 극장은 이제 보이질 않는다. 동아일 보 본관 건물은 생뚱맞게 박물관과 갤러리로 변했다.

저어기 사통팔달 큰 도로 위에는 이순신 장군 동상이 근엄 하게 서 있고, 그 뒤 세종대왕 동상은 자애로이 세종대로를 바 라보고 있다. 선명히 보였던 일제의 잔재인 정부 청사 중앙청 건물은 아예 사라졌고, 70년대 팝 싱어 클리프 리처드가 공연

했던 시민회관은 이제 세종문화회관으로 강고하게 자리하고 있다.

그 뒷길 내가 공부하고 청운의 뜻을 품었던 공부방은 자취도 없이 사라졌으니 공허하기 짝이 없다. 아무리 나의 흔적을 주위에서 찾아봐도 찾을 수 없다.

도대체 어딜 갔나? 그리고 무엇이 있었는지 기억에 남아 있지 않지만, 그 자리에 대형 서점 본점이 유엔본부 빌딩 마냥 우뚝 서 있다. 대규모 복합 건물 속의 이 서점은 서울이 자랑하는 시민의 안식처이자 문화 정보의 센터로 변모됐다.

이렇게 번잡한 광화문 거리지만 숨통이 트인 곳은 그나마 청계천 수로다. 제법 긴 수로의 맑은 물이 양옆 큰 빌딩 숲속으로 경쾌하게 흐르고 있어 가슴이 뻥 뚫리는 듯하다.

우리의 고궁, 경복궁 덕수궁 창덕궁 사이에 끼어 있는 이 광화문은, 한국의 보배이자 서울의 심벌이다. 그러나 하루가 멀다고 일어나는 여러 단체의 함성은 어떻게 바라봐야 할지 우리 사회의 큰 고민거리로 대두된다. 현재 우리 한국의 문제들을 고스란히 볼 수 있는 행동장이나 다를 바 없어 씁쓸하다.

당시 젊은이들은 덕수궁 돌담길을 자주 걸었다. 그냥 조용하고 호젓한 돌담길이어서다. 영문도 모르고 걸어 보았지만 거기엔 좋지 않은 징크스가 있다는 걸 최근에야 알았다. 데이트 족이 돌담길을 걸으면 나중 헤어지게 된다는 미신 같은 징크스를 말이다.

한때 난 대학에 들어가기 전 삼청동 하숙집에도 머문 적이 있다. 그래도 명색이 청와대가 바로 옆에 있었으니 그 기운을 조금이라도 받았을까. 경복궁을 중심으로 북쪽에는 북촌이 서쪽으로는 서촌이 있다. 아기자기한 한옥 골목길을 걷다 보면 서울 속 한국의 맛을 느낄 수 있는 곳이기에 외국 관광객이 선호한다.

골동품이 많이 진열되어 있는 인사동 거리를 빠져나오면 서울 중심지 사찰 조계사가 나온다. 도시와는 다소 어울리지 않는 이색적 면모를 갖추고 있지만, 현대 도시인들의 정신을 정진하는 도량 역할을 하는 곳이어서 다행이다.

지하철이 없었던 그 시절 시내버스를 타고 종로를 여기저기 배회하지 않았나. 간혹 입맛이 없으면 종로 잣죽 집을 찾아 잣죽과 찹쌀떡을 먹으면서 우리 전통 맛을 맛보기도 했다. 신간 서적이 보고 싶으면 바로 옆 종로서적을 찾았던 것도 생생히 기억난다.

매콤한 불맛으로 볶음낙지를 즐겼던 무교동 낙지 골목은···. 셀브르 음악다방의 낭만 콘서트는···. 영화 '벤허'도 보고 '졸업'도 즐겨 봤던 종로3가 극장 피카디리, 단성사 또한 빼놓을 수 없는 나의 거리였다. 문화의 혜택이라곤 전혀 누릴 수 없었던 그때의 극장은 나의 낭만을 해갈시켜 주었던 곳이지만 이젠 금은 보석상으로 탈바꿈해 버렸다.

이제 나의 것은 어디에서 찾아야 하나? 나의 흔적은 어디에서 볼 수 있나? 마음속에서도 아니고 꿈길에서도 아니다. 혹여나 세종로 광화문대로 뒷골목에 아직 남아있을 한 주먹 흙의 냄새에서 찾아야 하는지···.

(2019. 2. 6.)

맑고 순수한 행복 국수

– 그때의 국수와 넓적 풀빵 –

구수한 다시다 국물에 푸릇한 쑥갓 한 잎을 띄워, 쑥갓내 은은히 나는 우동 한 그릇. 그것을 파는 '미성우동'이라는 가게 가 있었다. 내 기억에 그 자리는 대구 동아백화점 건너편일 것 이라 생각된다.

수십 년 전 고교 시절 '미성우동'이라 쓴 큰 간판 글자가 아직도 뇌리에 새록새록 떠오른다. 아마도 어묵도 팔고 찐빵, 만두도 팔았던 것 같다. 대부분 중고생들이 들락거렸지만 가끔 어른들이 담배를 물고 어슬렁대던 구수한 곳이기도 했다.

꽤나 맛이 좋은 우동이었다. 아니 풋내기 고등학생에게 무언들 맛이 없었을까. 시장^{배고픔}이 반찬이라는 말이 한창 유행 했을 때였으니 무엇이든 다 맛있게 먹었을 테다. 아무튼 '그때 그 우동'이 아직도 간절히 생각나니 어찌하나!

고교 시절 학교에서 일찍 돌아오는 날이면 집 안 별채에 있는 광_{곳간}을 꼭 찾는 습관이 있었다. 배가 고프기에 무엇이라도 먹을까 해서다.

서늘하고 널따란 광에 들어가면 밀가루, 쌀, 보리, 콩, 된장, 조선간장, 막걸리 등을 담아놓은 단지가 황토 바닥에 놓여 있었다. 큰 단지에서부터 작은 항아리까지 가지런히 놓여있는 것이 마치 바둑판 같았다. 가끔 쌀벌레들이 바닥에 스멀스멀 기어 다니는 것이 보일 뿐 안락하고 풍성한 곳간이었다. 쌀벌레가 있다는 것은 유기농 곡물이라는 뜻이니 건강에 하등의 해가 될 게 없다.

광에 들어서자마자 밀가루 세 바가지를 얼른 퍼 담는다. 거기에다 막걸리, 강한 단맛이 나는 당원, 밀가루를 부풀게 하는 이스트 소다, 거기에 맹물을 넣고 휘이 젓는다. 약간 묽은 상태라야 '넓적 풀빵'을 굽기에 편리하고 맛이 난다. 따끈하게 달군 프라이팬에 아주까리 기름을 뿌리고 반죽 두 쪽대 가득 부어 얇게 편다. 노릇노릇해질 때까지 굽지만 몇 분 후 뒤집어서 구워야 그것도 제맛이 난다.

얼마나 많이 구워봤는지 쏜살같이 뒤집는 나의 현란한 기교에 동생들은 입을 쩍 벌린다. 화덕에서 방금 구워낸 둥근 피자를 삽으로 꺼내듯 대번에 한 판이 완성된다. 마치 요리 프로의 미슐랭 셰프같이….

대구 변두리 시골 농가. 초여름 모내기 철이 오면 가족들이 총동원되지만 동네 품앗이들도 와서 거들어준다. 다 같이 모심기를 하는 것은 시골의 또 다른 즐거움이었다. 막대기에 끈을 매달아 모를 심으면 양쪽 논두렁에서 막대 줄을 조금씩 옮겨 나간다. 한 칸 한 칸 옮길 때마다 누군가 냅다 소리를 지른다. 덩달아 개구리들도 합창하듯 울어댄다.

두 시간 정도 모심기를 하면 새참 시간. 하얀 멸치 국수다. 하얀 국수 덩어리가 둥글고 큼직한 모양의 대나무 소쿠리에 가득 담겨 있다. 한 사람이 머리에 국수를 이고 손에는 막걸리 주전자를 들고 왔다. 누가 논두렁까지 이 무거운 것을 이고 왔는지 기억에 없다. 40대 후반이던 나의 엄마임이 틀림없을 것 같다.

국수 먹을 시간이다. 먹는 방법은 별거 없다. 멸칫국물에 삶은 백국수를 타 먹으면 된다. 댕기 머리처럼 감아둔 한 뭉치의 국수. 대나무 바구니에 여러 뭉치가 쌓여있고 물기가 쪽 빠져있다. 삶은 지 얼마 안 돼 탱글탱글하게 빛난다.

맛의 핵심은 '양념장'이다. 조선장에 굵은 파, 마늘, 참기름, 깨소금을 넣어 만든 요술 같은 한국식 소스다. 국수 한 덩이에 멸칫국물을 부어 이 양념장을 넣고 휘저어 먹으면 초간편 꿀맛이 된다. 그래선가 아직도 그때 그 국수를 잊지 못하고 즐겨 먹지 않는가!

쑥갓 향 나는 구수한 우동, 추억의 우동이다. 하얗고 깨끗한 국수, 오래전부터 우리 민족들만 즐겨 먹는 먹거리 멸치국수. 이렇게 맑고 순수한 밀가루 국수를 편안히 먹을 수 있듯 우린 늘 맑고 순수한 행복의 국수를 먹고 살았으면 좋겠다.

(2018. 9. 18.)

배려를 타고 떠나자

- 이젠 품위 있는 민족답게 -

❧

　그를 '자유로운 방랑자'라 부르고 싶다. 이 아름다운 만추의 계절에 조금이라도 머무를 수만 있다면 그의 마음 한구석이 덜 공허할 텐데…. 세월이 흘러가는 것은 어쩔 수 없는 만유의 법칙이 아니던가.

　그 자리에 그대로 머무르면 될 것을 굳이 그는 먼 곳으로 향했다. 생을 좀 더 유토피아같이 살 수 있는 거처가 없을까 해서다. 자의 반 타의 반 먼 곳 일산으로 훌쩍 떠났다. 누군가 그를 보고 그랬다. 당신은 그쪽이 운이 맞는다고…. 믿고 싶지 않은 점이지만 믿으려고 했다.

　27년 전에 펼쳐졌던, 신도시를 둘러싼 수많은 쟁탈전에서 마지막 행운이라면 행운이었다. 학수고대한 그의 안방을 영원히 획득했으니 일리가 있는 말이기도 하다.

신도시의 희뿌연 개발 먼지는 사라졌고 이젠 인프라가 잘 구축된 유토피아 같은 곳으로 변모되었으니 흡족해하는 것 같다. 무성한 숲과 그림 같은 가로수, 새소리 재잘거리는 아름다운 낙원을 가진 듯 안도의 한숨을 쉬게 된다.

아침 녘 조용한 이곳을 출발하면 오후엔 활기찬 울산에서 전공학과 학생들을 가르친다. 일일생활권이라 이제 국내 어디든 왕래할 수 있다. 지하철, 열차, 버스를 번갈아 오르락내리락하며 이동한다.

특별히 운동할 필요가 있을까? 충분한 걷기 운동이어서 건강에도 활력이 된다. 점심은 돼지 수육 몇 점으로 상추 쑥갓에 싸먹고 강의를 시작한다. 명강의는 아니지만 왠지 열강에 빠지니 하루가 보람차고 생기가 넘친다.

매일 이렇게 여행자의 기분으로 일상을 살면 얼마나 행복한 일일까. 비록 하루하루는 행복스럽진 않지만 행복한 일을 하고 있으니 자신을 더욱 보듬어 주게 된다.

이제 서울역에서 출발하는 울산행 열차가 그를 기다리고 있다. 동양적인 매너가 몸에 밴 듯 단정하고 어여쁜 승무원이 귀엽게 허리를 굽혀 맞이한다.

"어서 오세요! 10시발 부산행 KTX 121열차입니다."

건강미 넘치는 그녀의 자태와 친밀함이 승객들의 하루를 신선하게 해주는 것 같다.

드디어 출발이다. 빈틈없는 정각에 출발한다. 목적지 울산까지는 2시간 18분. 우리도 이젠 정확한 타임 테이블을 지키니 자랑스럽기 그지없다. 파이팅이다. 수분 후 한강 철교를 지날 때는 가슴이 뻥 뚫린다.

유감스럽게도 열차 안 모습은 좀 다르다. 신문을 볼 때는 옆 사람에게 폐가 되지 않도록 배려해야 한다. 전화를 받으려면 최소한의 예의를 지켜야 하고, 대화를 할 때는 기본 매너를 지키는 것은 무엇보다 으뜸이고 중요한 일이다. '배려'란 절대적으로 필요한 예의 덕목 중 하나다.

어느 날 문득 내 옆에 아무도 없다고 느낄 때, 주위를 한번 둘러보았으면 한다. 당신이 무심히 지나쳐온 바로 그곳, 보이지 않는 그곳에서 당신을 향한 배려의 손길이 기다리고 있지 않을까. 다른 사람을 위한 배려는 바로 나 자신을 위한 배려라는 것을 잊어서는 안 될 것이다.

이제 우리는 선진국이지 않은가! 오래전 88 하계올림픽이 성황리에 끝났고 월드컵축구도 온 나라를 열광적으로 불태웠다. 평창 동계올림픽도 멋지게 추진하지 않았는가. 자고로 우리는 옛날부터 저력 있는 민족이지 않은가! 1인당 GNP도 3만 달러가 넘는 근면하고 우수한 국민이지 않은가.

우리는 왜 아직도 배려 있는 나라, 행복한 나라가 되지 못하는가? 이제 품위 있는 민족답게 글로벌화된 면모를 과시해야 할 때다.

다시 도시 새마을 운동이라도 한번 시작해보는 것도 좋을 것이다. 아니면 싱가포르의 무서운 태형을 도입해서라도 유토피아를 만들어야 하지 않겠는가?

(2018. 11. 19.)

차라리 가을이 오지 않았으면

- 여름 끝자락에서 -

✿

예상보다 약해진 태풍이 지나갔다. 아직도 그 영향인지 바람이 불어 나뭇잎이 살랑거린다. 이제 가을로 들어서려는가. 정말 이러다가 가을로 슬며시 넘어갈 것 같다. 새로운 계절 가을이 오면 안 된다.

끈질기게 왜냐고 묻더라도 이야기하지 않을 거다. 가을이라는 절기가 슬그머니 다가오는 것이 싫다는 말이다.

솔직히 말하면 '쓸쓸함'이 원인이라고 하면 답이 될 듯하다. 작년에도 그것이 오지 않았나! 지독한 '고독함'이…. 그래서 마음 깊은 곳을 할퀴고 간 흔적이 있으니 수긍이 갈 것이다.

독일의 시성 하이네는 '가을의 쓸쓸함'을 이렇게 읊고 있다.

가을에는 기도하게 해주오/ 쓸쓸함으로 그려내는 가을이
아닌/ 아름다움으로 그려내는 한 폭의 수채화이게 해주오/
(중략) 바람에 살랑이는/ 코스모스 향기 따라 가을을 실어
옴에/ 이리저리 흔들리는 갈대의 흐느낌 속에서도/ 이 가
을이 내게 쓸쓸함이지 않게 해주오 _가을 기도, 하이네

내 마음속 스산함이 오지 않을 고요한 때 가을이 왔으면
한다. 앞으로 그 쓸쓸한 감정이 북받치지 않을 거라고 보장된다
면 자신 있게 받아 주리라.

나만의 호수변 가로수 길에 가느다란 갈색 소나무 잎이
떨어지지 않는다면 받아 주리라. 길가의 수많은 은행잎이 노랗
게 변색되지 않는다면 받아 주리라. 나만의 오솔길에 서 있는
산수유 열매가 빨갛게 변하지 않는다면 허락하리라.

길손들이 옷깃을 세우지 않고 호주머니에 손을 넣고 다니
지 않는다면 한번 마음먹어볼 테다. 매미 소리도 그치지 않고
계속 울어댄다면 생각해볼 거다. 나의 아파트 베란다 헌식대에
가을 새가 찾아오면 그것도 결코 반가운 일이 아니니 허락할 수
없다.

가을 우체국 앞에서 누군가를 기다림은 애잔한 마음이 더
해짐으로 가을이 오지 않아야 한다. 가을 하늘 흰 구름에

고추잠자리 무수히 날아다니는 모습 어찌 보려고! 맑은 가을 하늘에 검정 붓으로 주욱 그어 보고 싶은 마음이 솟아오르니 싫다.

가을 산길을 가다 툭 머리통에 꿀밤 한 대 맞기도 싫으니 어찌 이 가을을 맞이하겠나! 황갈색 단풍 숲속에서 나를 부르는 누군가 있을까 봐 가을이 싫어진다.

이렇게 우리를 끝없는 '쓸쓸함'으로 고문하는 가을이라면, 차라리 오지 말았으면 좋겠다.

기세등등한 혹서도 이젠 기력을 잃고 지쳐가지 않는가. 폭염은 끔찍이 싫지만 폭염이 있는 한 가을은 절대 오지 않으리라. 가을이 오면 잔인한 외로움이 엄습하기에 나는 기꺼이 도리질할 거다.

세월이 흐르는 것을 누가 막을 수 있는가? 이제 막을 수 없는 계절이 거세게 밀려들어올 텐데…. 선각자 노자老子인들 장자莊子인들, 아니 그들보다 더 성스러운 그리스도나 붓다인들 막을 수 있겠는가?

그래도 마음속에 흐르는 강물 같은 세월은 막을 수 있으리라. 마음을 어떻게 움직이느냐에 따라 달라지는 것이거늘. 고요한 마음의 정지, 자아의 강한 의지가 무엇보다 소중한 것이거늘.

간절히 바라건대 '순수한 아름다움'이 넘치는 가을이 도래했으면 좋겠다.

(2018, 8, 27.)

인생은 기운이 아니라 기분

− 원더풀! 위대한 아기 엄마 −

❧

　　살다 보면 '기운'이 하나도 없을 때가 있다. 물론 제대로 먹지 않을 때다. 채소만 먹고 고기는 아예 건드리지 않았다. 혈관에 기름이 낀다고 해서다. 많은 의사의 건강 이야기를 들어보면, 고기도 먹고 채소도 먹고 술도 한잔 마시고 무엇이든 골고루 섭취하는 것이 최고의 건강법이라고 강조한다.

　　살다 보면 하는 일이 잘되지 않을 때도 허다히 있다. 다른 사람에게 실망스러운 결과를 주었을 때도, 건강하다지만 몸이 자주 피곤하고 신체가 허약해질 때도 있다. 그러면 모든 일에 의욕은 물론 '기운'이 조금도 없다. 삶의 무욕증無欲症뿐만 아니라 정신적인 침체가 지속되어 심각한 우울 상태에 빠진다.

가까이에 곧 첫돌이 되는 갓난아이를 키우는 엄마가 있다. 일생일대 육아를 전념으로 생각해야 할 고귀한 시기일 거다. 엄청난 출산의 시련을 겪고 1주일이 지나고 100일이 지나고 첫돌을 거치는 일련의 고된 과정은 정말 눈물겨울 지경이다. 개인의 사정에 따라 다를 수 있겠지만 대부분 산모는 고난의 연속, 스트레스 지속으로 심각한 산후 우울증을 겪게 된다.

새벽잠에서 깨어 서너 시간 동안 울어대는 갓난아이. 어디가 어떻게 아픈지 도저히 알 수 없는 갓난아이. 분명히 이상 증상이 나타나는 시간이라면 아기 엄마는 밤새도록 한잠도 자지 못하는 패닉 상태다.

갓난아이에게 어디가 아프냐고 물어보아 대처할 수 있으면 얼마나 좋을까? 아픈 곳을 말할 수 있는 아이라면, 말을 걸어 서로 소통이라도 된다면 얼마나 좋을까? 도무지 알 수가 없으니 난감하기 그지없다. 그럴 때는 선대의 부모에게나 아니면 선배 또는 동네 유아 담당 의사에게 물어보아 해결할 수밖에 없다.

갓난아이가 울다 지쳐 가까스로 울음을 그치니 애처롭기도 하고 가련하게 보이기도 한다. 하루 이틀이 지나 진정 상태가 되어 원인을 제거하고 나면 아이는 일순간 귀엽고 천사 같은 얼굴로 바뀌어버린다. 금세 환한 얼굴로 방실 웃어대는 모습을 보면 아기 엄마는 물론 주변 사람들은 안도의 숨을 쉬며 평정 상태로 돌아오게 된다.

특히 아기는 말은 못하지만 이해할 수 없는 신비로운 언어로 가족들에게 종종 말을 걸어온다. 외계인들끼리 주고받는 언어 표현같이 말이다. 지구인들은 이해할 수 없지만, 아기 엄마는 말할 것도 없이 가족들 모두 이심전심으로 잘 통한다.

최근 갓난아이 나의 손자 녀석도 다를 바 없다. "우따다 가따 까타?"라고 외계어로 물으면 나는 "우따다 가따 까타!"라고 맞장구친다. 손자와 할아버지 둘은 분명 소통되고 있음이 분명하다. 비슷하게 "따다 따다 까타?"라 하면 이 녀석도 똑같이 "따다 따다 까타?"라고 반응한다. 무슨 의미인지 알면서 하는 외계어임이 틀림없다.

계속 외계어로 옹알거리면서 푹신한 이불에 드러누워 양다리를 잡고 스트레칭하듯 좌우로 흔든다. 틀림없이 그는 새 생명체며 인간이다. 한참을 꾸무럭대다 스르르 깊은 잠에 빠진다.

갓난아이를 키우는 엄마도, 첫돌 아이를 옆에서 돌보는 가족들도 이 순간만큼은 즐거움과 희열, 순간의 순수한 인간애를 흡족히 느끼는 것이다. 길고 험난한 고난의 과정으로 움츠러진

인체의 '기운'이 급격히 '좋은 기분'으로 승화되는 찰나의 순간이다.

> 확실히 우리의 인생은 '기운'이 아니라 '기분'으로 사는가 보다. 원더풀! 정녕 이것이야말로 우리의 진정한 삶이 아니고 무엇인가?

(2019. 5. 28.)

정들었던 나의 케렌시아_{안식처}

- 잊지 못할 연구실 -

&

지난 25년간 연구실을 사용해온 나는 정년이 되어 내놓았다. 당분간 출강은 하지만 학교의 사정이 있어 내놓지 않을 수 없었다. 언젠가 내놓을 강의 시간과 연구실에 아무런 미련도 남아있지 않다. 한편으론 깊이 정들었던 나의 케렌시아_{안식처}를 생각하니 그 환영幻影을 매몰차게 지우기는 어렵다.

정년 후 별개의 연구실은 만들지 못했다. 만들 필요도 없거니와 그러한들 구속되는 느낌이 들어 그럴 생각이 없다. 어디든 앉아 있으면 그곳이 연구실이고 창작실이며 고뇌의 장소가 된다. 아담한 호숫가 카페든, 내가 좋아하는 잔디 공원의 호젓한 벤치든 현대풍이 감도는 대형 서점이든 가리지 않는다. 시끄럽지 않은 조용한 곳이라면 거기가 나의 연구실이 된다.

중요한 건 마음과 생각이다. 삶의 '기분'이 강렬히 번쩍이고 빛나면 그 장소는 최고의 자리가 된다. 어느 누구도 개입할 수 없는 멋진 공간이니 상상의 나래를 마음껏 펄럭일 수 있지 않을까?

바로 앞에 보이는 곳이 잔잔한 호수라면 백조의 마음이 될 것이고, 그곳이 초록빛 잔디 언덕이면 한 마리의 까치나 참새의 마음이 되는 거다. 바로 앞에 펼쳐지는 곳이 신간 서적으로 넘쳐나는 대형 서가라면 책 속의 테마를 마음껏 비행하는 주인공이 되리라.

조용한 사찰의 뜰이면, 고요와 참선의 자아가 되어 생로병사를 두루 섭렵한 석가의 마음이 될 것이다. 또한 그곳이 검푸른 파도가 철렁대는 바닷가라면 새까만 몽돌의 마음을 이해하려고 노력할 거다.

나의 연구실은 재미난다. 연구실 한구석에 조그마한 정원을 꾸며 나만의 자연인이 되겠다고 선포한 적이 있다.

어느 땐가 교내에 자작나무 군락이 몇 군데 무리 지어 자라고 있었다. 눈이라곤 거의 오지 않는 남쪽 도시 울산에 자작나무를 심으면 쉽게 자라지 않을 것 같았다. 시베리아 벌판 산속에서 흰곰과 같이 자라야 할 나무가 이곳으로 옮겨 심겼으니 결국 고사해버렸다.

벌목 거리가 된 자작나무 가지를 주워다 예쁘게 자르고 엮어, 조그만 나만의 정원으로 꾸며놓았다. 늘 푸르게 보이라고 인조 나뭇잎까지 붙여보니 의외로 멋진 '정원 연구실'이 되었다.

연구실 서가에 꽂혀있는 서적은 제본으로 된 것이 많다. 한때 외국의 도서관에서 진귀한 책을 빌려 조금씩 복사하여 제본해둔 것들이다.

꽂혀있는 서적 중에는 《언어생활》chikuma 出版이라는 월간 잡지가 있다. 창간호에서부터 종간호까지 무려 436권이 진열되어 있었다. 평상시 여기저기 일본 고서점가에 들러 조금씩 모아둔 귀중한 언어 잡지다. 두껍지는 않지만 원어로 된 책이어서 일어학을 연구하는 학자로서 소중하게 생각하는 자료다.

특히 '녹음기란'이라는 코너는 내가 즐겨 애용했던 테마. 1951년(11월 1호)부터 1988년(3월 436호)까지 언어의 현상을 고스란히 알 수 있는 희귀한 자료이기 때문이다.

동경역 창구에서 승객과 주고받는 대화라든가, 소고기덮밥 집에서 주고받는 대화 등 일상생활 속 그들의 언어 표현 양상을 생생히 볼 수 있는 자료이다. 비록 음성은 아니지만 녹음된 음성을 하나하나 문자화한 것이어서 그 당시의 말과 조금도

다를 바 없는 현장감 있는 말이다.

정들었던 나의 연구실, 아직도 잊을 수 없다. 비록 누군가
그곳에서 생활하고 있다면 그곳은 보통의 장소가 아니라고
말해주고 싶다. 성취감과 즐거움이 깃들어 있고 고통과 시
련이 서려 있는 곳이기 때문이다. 그런 데다 외국어 문자들
이 여기저기 뛰어놀고 있을 그곳. 거기에 비록 내가 없더라
도 아무 번민 말고 편히 뛰어놀라고 말하련다.

(2019. 6. 10.)

인간 존엄성의 승리

- 삶은 통증이다 -

❧

    수년 전 헝가리 유람선 사고로 많은 분이 돌아가셨다. 그런 극한의 상황에서도 목숨을 구한 사람도 있으니 정말 다행스러운 일이다. 페트병을 지닌 채 생존한 분도 있고, 어릴 때부터 수영을 배워 두라던 강인한 아버지의 딸이 수영 덕으로 구사일생 구조된 일도 있으니 정말 천운을 가진 사람들이다.

    오랫동안 앓아온 나의 목 디스크와 어깨통증…. 나았다가 재발하고 계속 이어진지 수년째이다. 누구에게나 찾아올 수 있는 질병이지만, 특히 걸상에 앉아 연구하는 직업군에서 쉬이 발병한다는 고약한 병이다.

    최근 나는 일주일 전부터 무슨 연유인지 밤잠을 잘 수 없을 정도로 통증이 심했다. 하는 수 없이 위급한 상태로 척추관절 전문병원 신세를 지게 되었다.

담당 의사는 흔한 질병으로 보는 것 같았다. 놀라고 긴장된 나의 모습을 본 의사는 병답지 않은 양 아주 태연하고 성의 없는 눈매였다. 소명의식Calling이라곤 조금도 없는 그의 태도를 보고 그날 하루 종일 화가 치밀었다. 일련의 응급 처치를 받고 난 뒤 다시 일상의 평온함을 되찾았다.

이런 위급한 상황을 볼라치면, 정신과의사이면서 심리학자인 유태인 빅터 프랭클V. Frankl, 1950~1977이 쓴 책《죽음의 수용소에서》이시형 역가 문득 떠오른다. 나치 독일 치하의 아우슈비츠 수용소에서 지옥같이 보낸 그가 극한의 감옥 생활에서 살아난 체험적 일대기다.

하루 한 끼 식사에도 잘 견디는 수용자도 있었다. 가스실로 끌려가는 아비규환 소리에 극단적 생각을 하는 이도 있는 반면 평정한 마음으로 수용소 생활을 하는 대담한 수용자도 있었다.

자신의 독특한 정신분석학적 방법, 즉 조각난 삶의 가느다란 실오라기를 의미와 책임이 확고한 유형으로 짜 만든 심리분석이다. 우리가 직접 겪어보지 못한, 아니 겪고 싶지 않은 실제 경험을 통해 삶의 의미와 삶 그 자체에 대한 진리를 우리에게 일깨워준다.

그 진리란, 극한 상황에서 인간에게 모든 것을 빼앗아갈 수 있어도, 단 한 가지 마지막으로 남은 것은 인간의 〈자유〉다. 주어진 환경에서 자신의 태도를 결정하고, 자기 자신의 길을 선택할 수 있는 자유만은 빼앗아갈 수 없다. _죽음의 수용소 에서

다시 말하면 사람의 내면적 심리를 잘 분석하고 관찰하고 있다. 어떤 사람은 최악의 상황에서도 생명의 존엄을 잃지 않고 살아가는 반면 삶을 스스로 포기한 이도 있다. 이 차이는 도대체 어디에서 오는 것일까?

인간에게는 자극과 반응 사이에 공간이 있다고 한다. 우리 인간은 자극을 받으면 금방 반응하지 않는 법이다. 그 공간이 얼마나 깊고 넓은지 사람에 따라 다른 것이다. 그럼으로써 인간은 성장하고 자유로움을 갖게 되는 힘이 생긴다. 한마디로 삶의 의미를 잃지 않고 인간 존엄성의 승리를 보여주는 것이다.

보라! 그는 분명 나치 수용소에서 극한의 고통을 겪었지만 극도의 고난 속에서도 자유로운 사상을 가지면서 대처하였

으니 위대한 인간임이 틀림없다. 이러한 대처 방법은 우리에게 시사하는 바 크다. 우리의 삶은 그 어떤 것보다 위대함을 보여준다. 그렇다면 우리 모두에게 즐겁게 살아갈 용기가 생기는 것이 아닌가?

용기 있고 자신 있게 살자. 우리는 죽음이 삶의 끝에 서 있다고 착각하지만 죽음도 삶의 일부라 생각할 수 있다. 그러기에 우리는 죽음을 맞이할 때 어떤 태도로 맞을 것인가에 대해 항상 생각하면서 사는 것도 현명한 방법일 것이다.

삶이란, 어떠한 위급한 상황이 찾아와도 용기를 갖고 위대한 힘으로 대처하며 살아간다면 그것은 진정한 삶의 가치를 이루는 것이 아니겠는가?

(2019. 6. 19.)

미지근 국수같이

- 국수를 술술 먹다 -

๛

밀가리로 만들면 '국시', 밀가루로 만들면 '국수'라 한다. 오래된 아재 개그다. 국수는 기성세대에게는 그야말로 주식과 같은 간편한 음식이 됐고 늘 화젯거리 대상이 된 메뉴다.

울산에서 조금 벗어나 두동, 봉계를 지나 경주 남산 가까이에 이르면 '우리밀 국수집'이 보인다. 20여 년 된 나의 단골집이다. 울산에서 강의가 일찍 끝날 때면 가끔 찾는 국숫집이다. 지금 가보면 옛날과 사뭇 다르다. 창업자 할매는 보이지 않고 다 큰 아들이 카운터에 앉아있다.

이 국숫집은 우리들의 할매가 만드는 옛날식 방법을 그대로 사용하여 면을 뽑는 좀 특이한 가게다.

손님이 구경하는 툇마루에서 면을 뽑아낸다. 툇마루에서 홍두깨로 반죽 덩이를 밀어 널따란 칼국수 원단을 만든다. 그런 후 들러붙지 않게 밀가루를 뿌리고 하얀 종이에 둘둘 말아 절단의 수작업을 기다린다. 냉큼 식객이 주문하면 손칼을 대고 정성껏 썰어 삶는 단계로 넘긴다. 꼬랑지는 누가 먹는지 궁금하다.

완성된 우리 밀 손칼국수 한 그릇. 거기에는 18가지 유기농 원재료가 들어가 있다니 감탄할 수밖에 없다. 외견상으로는 약간 촉촉한 느낌이 들지만 일단 입에 들어가면 쫄깃한 면발에 국물까지 씹히는 구수한 맛이다. 두드러진 한국의 예술적 맛을 음미할 수 있어 무척 기분 좋다.

대전역 구내에 가보면, 아직도 '총알 가락국수'를 팔고 있다. 그 옛날 경부, 호남선 열차를 타고 고향으로 내려갈 때 모두들 즐겨 먹었던 그 국수가 아닌가! 역에 도착하자 재빨리 내려 2, 3분 만에 먹어치우는 소위 총알 국숫집이다.

가판대 크기야 보잘것없지만, 가락국수만은 최대한 빨리 내놓는 요술 같은 집이다. 반찬은 기껏 단무지 하나. 마실 물도 주지 않는다. 국수 국물이 바로 물이다. 지금은 신역사 구내 1층에 커다란 추억의 집으로 관광 상품화하고 있다. 옛날 정취를 그런대로 느낄 수 있지만 그때 그 국수 맛은 아니다.

몇 년 전까지만 해도 서울 지하철 강남역 근방에 제법 큰 자장면집이 있었다. 6·70년대 맹활약했던 미남 영화배우가 하던 중화요릿집. 이 가게에서 팔았던 자장면은 다른 곳과 달리 특이하게 '감자'가 들어가 있다. 한 그릇에 반 토막만 한 굵직한 감자 서너 개와 굵게 썬 돼지고기가 들어가 특유의 맛을 보탠다. 여태 먹어본 것 중 이렇게 황홀한 자장면의 풍미를 맛본 적이 없다. 다시 먹고 싶은 자장면이지만 앞으로 먹을 수 있을지? 요리 기법에 따라 이렇게 맛이 천차만별이니 무엇이든 창의적인 아이디어가 필요한 시대가 아닌가 싶다.

어느 시인의 시 모임이 있다. 미지근하게 장장 10년 이상이 되었다고 하여 모임 이름을 '미지근'으로 지었다 한다.

시골 장터에 가면 여기저기 미지근한 국수를 판다. 미리 담아 놓아 식어서 미지근하다. 젓가락으로 입에 넣으면 '술술' 넘어간다. 미지근하여 빨리 먹을 수 있어 좋다. 값도 국수 중에서 제일 싸 부담도 없다. 질리지도 않는다.

사람과 1대1 관계나 모임 구성원들끼리도 이렇게 미지근하게 만나는 데가 더러 있을까?

전업주부인 나의 아내에겐 10년이 아니라 미지근하게 40년이나 된 모임도 있다. '미지근 국수'같이 오래 지속되어 정말 행복해 보인다.

(2018. 9. 26.)

아무튼 우리의 삶은 너무 진지하면 숨이 막혀버린다.
그래서 여유로움이 사라지고 막다른 궁지로 몰릴 수 있다.
유머와 함께 웃음은 힘든 삶을 잠시나마 잊게 해주는 해독제며
다시 살아나게 하는 강장제와도 같은 것이다.

- 본문에서

2부

어차피
한평생 살 거라면

얼마나 아름다운 세상인가!

– 장자莊子에게서 여유를 배워볼까요? –

출발 시각 15분 남은 열차 승차권은 사지 않는다. 마음의 여유가 없어서다. 급히 서두를 필요가 어디 있는가? 설령 급하게 가야 할 상황이라도 서둘러 가지 않을 테다. 그런 삶을 살지 않는다는 '여유로움'에 대한 나의 고집이 나에겐 무엇보다 고귀한 일이기 때문이다.

울산역 대합실 커피숍에서 커피 한 잔에 도넛 2개를 포장하여 열차에 오른다. 나중, 열차 안에서 허전해질 때 먹으면 참 맛있을 테니까. 한가히 커피 한 잔에 도넛을 먹는 여유로움은 여행의 또 다른 '소소한 소중함'이고 '망중한忙中閑'을 맛보는 시간이기 때문이다.

여행하고픈 마음은 세상 사람들의 삶을 두루두루 보고 싶은 마음이다. 이 얼마나 아름다운 세상인가! 울산역 플랫폼에서 바라보는 세상, 저 멀리 소실점같이 보이는 철로의 끝, 어디선가 총알같이 지나가는 고속 열차, 사라진 후의 고요함.

그리고 역 주변의 산들. 저어기 독수리 날개를 닮았다는 영취산도 아련히 보인다. 열차를 기다리는 승객들, 젊은이의 서투른 발랄함, 비즈니스맨의 순발력, 우리네 건강한 노인, 제각각 모습이 다양하고 아름답게 비치기만 한다.

여행자인 나는 울산역을 출발하여 동대구, 대전을 거쳐 광명을 지나 종착지 서울역에서 내린다. 오랜만에 '걸어서' 광화문까지 한 번 여유를 부려본다. 서울의 4대문 중 국보 1호 숭례문_{남대문} 옆으로 차량들이 물 흐르듯 순조로이 흐른다.

우측으로는 남대문 시장의 전경이 광활하다. 그 면적을 보면 어느 시장보다 규모가 거대하다. 의복에서부터 먹거리, 잡화, 그릇까지 없는 게 없는 곳이라 인간들의 시장으로까지 보이기도 한다. 삶의 애착을 어느 곳보다 절실히 느낄 수 있는 부산한 곳이 아닌가!

광화문으로 걸어가던 중 구수한 선짓국집 앞을 지나친다.

놀랍게도 서울 한가운데 시청 옆 빌딩 골목에 고즈넉이 자리 잡고 있다. 들어가는 입구에서부터 분위기가 왠지 색다르다. 입구 옆에 걸려 있는 어마어마한 가마솥에서 곰국이 맹렬히 끓고 있어서다. 먹어보니 울산 태화 장터에 있던 그 선짓국과 다를 바 없이 털털하고 대파 맛 나는 국밥이다.

좌우로 돌아보니 커피숍이 유난히 눈에 많이 띈다. 별다방 콩다방만 있는 것이 아니라 다른 유명 커피점도 경쟁하듯 이어져 있다. 관청가가 즐비한 곳에 몰려있는 것은 자연스러운 일이 아닌가.

현대에 사는 삶의 주인공들이 당당히 살아가는 우주에서의 모습들. 정말 아름다운 세상이 아닌가! 지금 이 아름다운 것들을 두고두고 남기면서 살고 싶다. 후회스러운 일을 하지 않으며 오늘에 책임을 느끼면서 유유히 살아가고 싶다.

2천300여 년 전 장자莊子에게 배울 수 있는 '삶의 조건'으로 절욕, 허심, 여유, 자족, 유희 등을 들 수 있다. 오늘을 사는 우리에게 급할수록 '여유'를 가져야 한다고 강조하는 듯 나의 심금을 울리게 한다.

행복이란 마음 먹기에 달려있지 않을까? 어쩔 수 없을 때에는 자신 앞에 주어진 현실에 만족하고 감사하며 살라는 소위 아모르파티. 이 또한 장자의 가르침에서 기인되지 않았는가?

'참된' 걷기 마니아는 유명 관광지의 볼거리를 찾기 위하여 여행하는 것이 아니다. 행복하고 즐거운 기분을 찾기 위해서 여행하는 것일 테다.

그러니까 아침에 일어나 첫걸음을 내디딘다는 설레는 바람과 자유분방한 마음의 세계를 넓히는 것, 저녁에 걷기에서 돌아와 휴식을 취할 때 맛보는 평화로움과 정신적 충만감, 바로 그것을 찾아서 여행하는 것이리라.

(2019. 4. 16.)

'써니'라는 소녀

– '써니'같이 밝고 맑게 살지 않을래요? –

낙엽 쌓인 오솔길로 들어서니 도토리가 '툭' 하며 떨어진다. 가을 정취에 빠진 것인가 돌연 써니Sunny라는 이름이 머리에 떠오른다.

그건, 동네 대로변의 대형 커피 전문점에서 일하는 어느 바리스타 '소녀' 이름이다. 여기에서 근무하는 바리스타들은 본명 대신 영어 닉네임을 따로 만들어 왼쪽 가슴에 달고 일한다. 서양 문물 중 가장 대표적인 표상이다. 그들 나름의 닉네임을 다는 것은 그 유명 브랜드 커피 전문점의 방침이자 그들의 판매 전략 중 하나일 테다.

이 소녀는 유별나게 다른 이보다 밝은 성격이기도 하거니와 친절한 매너로 고객을 맞이한다. 검정 유니폼에 해군들이 쓰는 조그마한 베레모까지 눌러쓰고 있으니 더욱 귀엽다.

　원래 '소녀'라는 뜻은 아직 성숙하지 않은 여자나 나이 어린 여자아이를 일컫는다. 이 커피점의 소녀는 어쩐지 성숙한 여성으로 감성이 물씬 난다. 10여 년 전 8인조 걸그룹 '소녀시대'를 떠올리면 쉽게 이해 갈 것 같다.

　소녀시대라는 이름은 '소녀들이 평정할 시대가 왔다'는 뜻이라 한다. 말 그대로 한 시대를 평온하게 진정시켰던 대단한 인기 그룹이었다.

　'소녀'라는 말이 나왔으니 한 가지 더 보태고 싶다. 한때 풍미했던 애처롭고 슬프게 들리는 대중가요가 있었다. 서른세 살에 요절한 70년대 어느 가수의 가사와 곡이 애절하다.

　"버들잎 따다가 연못 위에 띄워놓고 쓸쓸히 바라보는 이름 모를 '소녀'"로 시작하는 노래이다. 이때의 소녀 역시 약간의 성숙미 있는 여성처럼 느껴지지 않는가?

　커피 전문점의 소녀에게 주어진 아름다운 이름 '써니'는, 내가 대학생 때 좋아했던 팝송에서 진정한 함의를 찾아볼 수 있어서 즐겁다.

　'써니! 예스터데이 마이 라이프 Sunny, yesterday my life…'로 시작

되는 음악. 갑작스레 누군가를 애절하게 부르는 '외침' 같은 것이리라. 바로 그 음악 속에 등장하는 주인공 써니를 상상해보면 아마도 진의眞意를 알 수 있을 것이다. 미국의 소울 가수 보비 헵이 1965년에 작사 작곡한 곡이다. 한번 가사의 의미를 곱씹어 보기로 하자.

> 써니! 어제까지 내 인생은 온통 비에 젖은 시련이었어요/ 써니! 너의 미소는 정말 내 고통을 덜어주었지요/ 이젠 괴로운 날들은 끝나고 밝은 새날이 왔어요!/ 나의 태양 같은 당신은 너무나 순수하게 빛나고… _Sunny, Boney M

1963년 케네디 대통령이 암살된 이후 암울한 분위기에 빠졌던 미국은 이 음악의 출현으로 온 나라가 '희망찬 미래'의 서광이 보이기 시작했다. 덕택에 미래의 모든 것들에 대한 희망의 불씨 같은 긍정의 분위기로 감싸이기 시작했다.

아무튼 여유 없는 현대인의 생활, 쉼 없는 오늘의 우리 생활은 따분하다. 행복한 우리의 삶은 여유와 쉼, 즐거움과 긍정적 사고일 것이다. 우리 주위에 있는 '카페'라는 작은 쉼터 또한 훌륭한 안식처가 되지 않을까?

이젠 생활 패턴이 바뀌어 도서관 같은 커피점으로 변모했다. 도시의 삶에서 그것이 차지하는 비중 역시 무시할 수 없다. 활동하기 편한 옷으로 갈아입고, 걸어 다니기 편안한 캐주얼 신발을 신고, 소프트한 백팩에 소지품을 넣고 떠나는 하루 일상의 힐링…. 왠지 온몸에서 엔돌핀 같은 몽롱한 전율이 사르르 밀려온다.

개인적으로 사랑하는 연인, 한 그룹의 행복한 가정, 서로 돕고 사는 이웃 동네 사람들로 '써니'를 생각해보자. 나아가 한 나라의 애국심이나 세계 여러 나라 사람들의 행복한 삶까지 생각할 수 있는 '신성한 말'로 남았으면 한다.

햇볕이 쨍쨍 내리쬔다는 밝고 맑은 호칭 '써니'. 써니라고 부를 수 있는 희망찬 세상이 어서 도래했으면 한다. 우리 모두가 걱정 없고 불안감 없는 미래에 살고 싶으니까.

(2019. 10. 21.)

지구를 쓸고 있는 청소부

– 뭐가 그렇게 행복하세요? –

나는 아파트에 산다. '경비 아저씨'도 아파트 초입에서 근무한다. 많은 경비 일도 하지만 아침에 오면 제일 먼저 하는 것은 빗자루를 들고 쓰는 일이다. 동네가 깨끗하여 아침이 늘 상쾌해서 좋다.

빗자루를 들고 매일 바닥을 쓰는 사람이 또 한 분 있다. 아파트를 둘러싼 넓은 공원을 쓰는 '청소부 아저씨'. 이 아저씨는 좀 다르게 보인다. 왜냐하면 늘 즐거운 모습으로 행복한 얼굴을 하면서 공원 구석구석을 쓸고 있기 때문이다. 그것도 하루 이틀이 아니다.

오늘도 아침 공원을 걷는 도중 아저씨와 조우했다. 역시 큰 빗자루로 쓰는 일이 즐거운 듯 행복해하는 모습이다. 청소부의 월급은 별로 많지 않다. 청소하는 일도 그다지 대접받지 못하는 직업인데도….

너무나 의아하여 다가가 물었다.
"아저씨! 뭐가 그렇게 늘 즐겁고 행복하세요?"
대답이 감동적이었다.
"나는 지구의 한 모퉁이를 쓸고 있어요. 지구를요!"

무슨 말인가? 세상을 크게 생각하라는 뜻이다. 이렇게 삶을 크게 바라보면서 소명의식을 갖고 살면 어떤 일이 즐겁지 않겠는가? 정말 행복하게 살아갈 수 있을 것 같다.

걷기를 좋아하는 나지만 어제같이 귀갓길에 갑자기 비가 쏟아지는 날, 우산이 없을 땐 택시를 잡아탄다. 지하철에서 집까지는 멀지 않지만 어쩔 수 없다. 기사에게 목적지를 이야기하니 한마디 반응도 없다. 아마 가까운 거리이기에 돈벌이가 되지 않는 모양이다. 집 앞에 도착하여 내릴 때도 역시 아무런 대꾸도 하지 않는다.

오히려 손님인 내가 고맙다는 말을 건네야 하는 어처구니없는 장면이다. 여태까지 이런 일을 여러 번 겪었으니 성질 급한 손님이라면 멱살을 잡고 흔들었을 것이다.

사회 구석구석에서 이런 모습을 우리는 자주 목격하지 않는가.

1985년 미국의 심리학 연구팀 '벨라와 동료들Bellah et al.'이 공동 발표한 재미나는 연구가 있다. '개인이 일과 관계를 맺는 방식'에 대한 연구 결과다.

청소부, 택시기사, 교육자, 의사 등 수많은 직업들은 3가지 부류로 나누어 일과 관계를 맺는다고 한다.

첫째 오롯이 돈만 벌면 장땡이라는 부류Job다. 일을 통한 물질적 보상에만 관심을 가지면서 성취감 같은 보상에는 아무런 관심이 없다.

둘째 열심히 일해서 과장, 부장, 전무와 같이 경력을 쌓아가기 위한 부류Career. 자신의 일에 개인적인 투자를 많이 하고 조직 내에서 승진하여 수입, 지위, 권력, 명성을 최대화하는 것.

셋째 금전적 보상이나 승진이 아니라 일을 통하여 깊은 성취감을 얻으려 한다. 무엇보다 소위 '소명'을 다하며 일하는 부류Calling를 말한다.

원래 '소명召命 calling'이라는 말은 종교적 의미로 신의 부름을 일컫는 말이다. 개인적 사회적으로 의미 있는 일을 발견하여 거기에 헌신하는 것을 지칭하는 말로 발전되어 사용된다. 이같이 소명감을 갖고 일하는 부류야말로 가장 인간답게 살며, 의미 있고 보람되게 사는 사람들이다. 그렇다면 더욱 즐겁게 일할 수 있고 돈도 더 많이 벌 수 있다. 이것이 가장 행복하게 살 수 있는 삶의 방법이다.

(2018. 5. 30.)

서문경이 먹은 정력제

- 추어탕의 힘 -

⚘

이렇게 더운 날에는 어떻게 하면 좋을까? 바다로 떠나든가 산바람 부는 그늘진 깊은 계곡으로 찾아가든가, 아니면 서늘한 홋카이도로 잠시 피신하든가 여러 방법이 있을 것이다.

나는 그것보다 먹는 음식으로 피서를 해보려 한다. 몸도 보할 겸 일거양득으로 말이다. 먹는 것이라면 이열치열의 방식을 택하면 어떨까? 물론 시원한 평양냉면을 위 속에 넣어 몸을 식히는 방법도 좋을 것이다. 그러나 뜨거운 탕을 먹고 바깥 온도보다 높여두면 피서로의 첩경이 될 수 있지 않을까.

탕에는 여러 메뉴가 있다. 복날 먹는 삼계탕을 비롯 메기탕, 장어탕, 용봉탕, 추어탕 등이다. 2·30대 젊은이들은 그다지 좋아하지 않는 메뉴지만 40대 이상의 성인이라면 매력을 느끼는 보양식임이 틀림없다.

　그중 '추어탕'은 내가 좋아하는 음식 중 하나다. 만드는 방법은 잘 모르지만 식탁 위에 차려놓은 추어탕 세트를 보면 먹는 방법을 익히 잘 안다. 먼저 산초를 넣고 약간의 땡초와 방아 잎을 넣어 잘 섞어서 먹으면 맛있다.

　경상도식이든 전라도식이든 먹는 방식은 다를 바 없지만 재료에 차이가 있다. 경상도식은 삶은 '배추'를 넣어 조리하나 전라도식은 무청을 말린 '시래기'를 넣어서 조리하는 차이가 있다. 맛도 전혀 다르다.

　어느 날 지인으로부터 난데없이 선물이 배달되었다. 열어보니 보자기에 싼 냄비 한 통. 보낸 사람은 울산에 사는 경상도식 추어탕을 제대로 조리하는 유명한 셰프다. 먹어보니 국물이 꽤나 묽다. 언뜻 느끼는 감은 얼갈이배추 된장국 같은 맛이다. 턱이 빠질 정도로 맛이 좋은 추어탕이었다.

　울산의 공업탑 로터리 근방에 전라도 사람이 하는 남원추어탕집이 있다. 점심 메뉴가 애매할 때 자주 찾는 가게다. 이 가게는 하루에 정확히 100그릇만 만들어 파는 특이한 추어탕집이다. 이유는 주인아줌마가 오후 시간에는 꼭 수영을 하러 가기

때문이다. 돈보다 건강을 생각하는 멋쟁이 주인이다. 점심시간
이 조금 지나면 하루 분량이 거의 매진된다.

이 가게의 전라도식 추어탕은 경상도식보다 국물이 꽤 질
다. 무청 시래기가 듬뿍 들어가기 때문인지도 모른다. 시래기
는 청정 지역 강원도 산간에서 나는 무청이다. 깨끗한 태백산
맑은 공기와 햇볕에 잘 말려 직접 배달받은 것이다. 거기에 덤
으로 나오는 갓김치와 같이 먹으면 맛은 그야말로 최고다. 보글
보글 끓여 나오는 추어탕. 이열치열의 효과가 백분 난다.

동양의 여러 문헌을 종합해보면 추어鰍魚에 대하여 인체의
효능을 동일하게 기록하고 있다. 명나라 이시진의 의학서 '본초
강목', 조선 후기 실학자 이규경의 '오주연문장전산고'에서는 보
양식이라고 쓰고 있다.

서양에서 보양제로 초콜릿을 즐겨 먹었다는 유명한 '카사
노바'가 있다면 동양에서는 미꾸라지의 놀라운 보양을 알았던
'서문경'이 있을 정도다. 엿새만 먹어도 사라진 양기도 되살아
난다는 속설까지 생겼다. 오죽하면 서문경이 주인공으로 나오
는 명나라 소설 '금병매'에서 그의 정력을 소개하고 있을까.

한여름 더위를 이길 수 있는 방법은 다양하지만, 음식으로

이기는 추어탕 섭취는 한의학적으로 인정하는 건강 방법이
다. 미꾸라지를 말하는 한자 '鰍ᄎ'에는 능력이나 수준 따위
가 비교의 대상을 훨씬 뛰어넘는다는 또 다른 의미가 있다.

그런 연유에선가 추어탕의 마니아들이 타인을 뛰어넘는 건
강함을 유지한다는 말도 진정 맞는 말이다. 그들 나름대로
조금이라도 더 건강하게 살아가는 지혜라고 생각할 수 있
지 않을까? 건강한 삶이 곧 행복이기 때문이다.

(2018. 7. 23.)

한 여름날의 하모니카

– '악기 하나쯤' 배우는 삶 –

까까머리 중학 시절, 어느 날 '하모니카' 하나를 선물로 받
았다. 포장을 풀고 '각'을 열어보니 스테인리스 색깔에 반짝
반짝 빛나는 특이한 물건이었다. 무척 기뻤다. 그냥 입에 대
고 불어보니 소리도 묘하게 났다. 그것도 낮은음에서부터
높은음까지, 하물며 두 옥타브까지 소리가 올라가니 신기
하여 잠을 이룰 수 없었다.

하모니카란 소리의 강약을 적절히 맞추어 불면 지독히 애
절하게 들린다.

"해는 져서 어두운데 찾아오는 사람 없어… ^{고향생각}"

부르기 쉬운 동요를 늦가을 해 저무는 들판에서 저녁노을
을 바라보며 부르면 너무 애잔하다.

그가 한때 담당하고 있던 대학 과제세미나반에서는 '작은 음악회'를 공연하였다. 매년 연말에 열리는 음악회는 교수와 제자 간에 인간적 소통을 가질 겸 인성을 기르는 시간이다. 학생들은 각자 자기의 장기를 발표하고 그도 하모니카를 불렀다.

진정 하모니카 연주는 클래식 음악처럼 멋스럽게 들린다. 오랫동안 몰입해서 배워야 하는 인내도 필요하지만 그 진면목은 역시 하모니카로 잘 표현되는 것 같다.

며칠 전 그의 아내에게 울산에 사는 지인으로부터 동영상 하나가 전송되었다. 송 라이터 버디 그린B. Greene이라는 미국 출신 하모니카 연주자가 카네기홀에서 공연한 것이다.

조그마한 크로매틱半音 하모니카를 왼손에 든 채, 작은 체구에 영화 빠삐용의 주인공처럼 닮은 얼굴이었다. 헐렁한 면바지에 귀여운 안경을 끼고 수많은 관중 앞에서 연주하는 행복한 모습. 세 곡을 연주하는 데 10분도 채 되지 않는 짤막한 연주여서 깜짝 놀랐다. 팝송도 아닌 클래식 메들리로 연주했는데도 말이다.

연주자가 제일 먼저 입에 댄 곡은 바하가 작곡한 Cantata No. 147, 'Jusu, Joy of Man's Desiring'이다. 번역하면 '주는 우리의 기쁨'으로 해석하는 가스펠 음악. 멜로디가 저음에서 고음으로 여러 번 오르내리면서 반복한다. 물 흐르듯 굴러가는 선율이어서 마치 기쁨에 찬 천상의 소리 같았다.

이어 두 번째로 연주한 곡은 모차르트가 작곡한 Piano Sonata No. 16. 'C major K545'. 전체 3악장 중 1악장 처음 부분만 발췌했다.

이 조용한 음악은 그가 죽기 1년 전 작곡한 곡이어서 의미가 깊다. 단순하면서 심오하여 몽환적인 느낌마저 든다. 그래서 힐링이나 명상, 태교 음악에 자주 사용된다. 흔히 말하는 초보 피아노 학습자들이 필수적으로 연습하는 곡이기도 하다. 피아노가 아닌 하모니카에서 나오는 소리가 이렇게 감미로울 줄이야!

컨트리 음악에 영향을 받은 버디 그린이 세 번째 연주한 곡은 로시니가 작곡한 'William Tell Overture'다. 소위 '빌헬름 텔 서곡'을 말한다.

조용한 음악이지만 그중 마지막 4부는 스위스 독립군이 힘차게 행진하는 모습이 빠르게 그려진다. 하모니카로 듣는 이 활기찬 곡은 어느 오케스트라 음악보다 매력적이고 감동적이었다.

링컨 대통령은 남북 전쟁 때에도 호주머니에 늘 하모니카를 소지하면서 불었다 한다. 전장의 군인들에게 조금이라도 마음의 '위안'을 주기 위해서다.

얼마 전 옆집 아저씨같이 구수한 노회찬 의원이 하늘나라로 가버렸다. 그는 늘 꿈을 꾸었다고 한다. "모든 국민이 '악기 하나쯤'은 여유로이 배울 수 있는 사회가 왔으면 좋겠다"고. 그에게는 중학 시절부터 배운 첼로가 있었다. 수준급 첼리스트 정치가였다. 이러한 깨끗한 감성적 삶과 말씨는 아마 그의 예술적 감수성에서 나오지 않았을까.

악기를 연주할 수 있는 적당한 '삶의 여유'를 갖는 것, 나아가 따뜻한 사회를 꿈꾸는 '여유로움'을 갖는 것이야말로 모두에게 분명 행복을 깃들게 할 것이다.

(2018. 8. 20.)

카페 창가에서

– 새해 소확행을 바라면서 –

⚜

　지난해도 영원한 기억으로 남았다. 국내외적으로 역사적 사건이 많았고 개인적으로도 의미 있는 날이 많았다.

　홀쩍 가버린 지난해 겨울은 얼마나 추웠던가. 뼈가 으스러질 정도로 추위가 덮친 일도 기억에 뚜렷하다. 그런 강추위에도 잘 견디었던지 새봄이 되니 언덕의 잔디는 아무렇지 않은 듯 파릇파릇 새싹이 돋아났다. 살랑살랑 봄바람은 나의 뺨을 간질여 주었다. 영원히 그럴진대 다시 한 번 자연의 신비함을 느낀다.

　한여름 무더위도 더욱 감내하기 힘들었다. 그러나 우렁찬 매미 소리, 재잘거리는 참새 소리, 이름 모를 희귀한 새의 청량한 울음소리는 무더위를 깨끗이 가라앉게 했다. 공원 안 실개천 물소리도 보탰다. 졸졸졸 시냇물 소리로 착각할 정도였으니 마냥 꿈길을 걷는 것과 다를 게 있으랴. 더욱이 주위에 피어있는 파릇파릇한 이끼는 무릉도원에서나 볼 수 있는 모습이 아닌가!

물감으로 수채한 듯 공원 가을 단풍은 어떠했는가? 알록달록 마로니에 큰 잎사귀는 수채화를 연상케 했으니 일대의 감흥이었다. 그해 가을 나의 손자와 그곳에 다소곳이 앉았다. 손자와 나란히 접이 의자에 앉아 잔디 언덕을 바라보는 것. 내가 소망하던 모습을 똑같이 그려낸 것이다. 푸른 창공을 쳐다보면서 행복하게 살아봄이 어떻겠냐는 무언의 마음이라고나 할까.

새해에 들어서자 동장군이 다시 기승을 부렸으니 어찌해야 하나. 제발 내가 사랑하는 이곳 잔디 언덕은 얼지 않게 해주었으면…. 이것만이 아니다. 세상 모든 일도 얼지 말았으면 한다. 새해에 일어날 모든 인간사, 자연사들을 제발 용광로의 쇳물같이 녹여주길 바란다.

트렌드 전문가 김난도는 말한다. 올해의 행복 기준은 소확행과 더불어 필환경의 시대가 올 거라고. 워라밸에 이어 워크밸이 올 거라고. 그래서 소비자나 공급자가 다 같이 매너 있는 사람이 환대를 받을 거라고.

'인생은 지금 이 순간 한 번뿐'이라고 주장하는 욜로YOLO, you only live once? 트렌드가 식어가고 '소확행'이 오고 있는 세상이다. 그것은 소소하지만 확실한 행복감을 말한다. 무라카미 하루키는 그의 에세이 《랑겔한스섬의 오후》에서 특유의 감성인 '소확행'으로 표현했다.

막 구운 따뜻한 빵을 손으로 뜯어먹는 것. 오후의 햇빛이 나뭇잎 그림자를 그리는 걸 바라보며 브람스의 실내악을 듣는 것. 서랍 안에 반듯하게 접어 넣은 속옷이 잔뜩 쌓여있는 것…. 바로 이런 느낌이야말로 소확행이지 무엇이겠느냐는 것이다.

내가 애찬하는 잔디 언덕은 집 앞 마두공원에 자리하여 행복하다. 외출할 땐 반드시 거쳐 가는 오솔길 옆 잔디 언덕. 내가 사는 동안 애지중지 그리워할 테다.

나의 소확행은 집 앞 마두공원을 통하는 오솔길을 걸으며 외출하는 것. 특히 잔디 언덕을 밟으며 외출하는 일이다. 외출하는 장소는 일주일에 네 번이 책방이다. 도보로 걸으면 집에서 25분 만에 도착한다. 그러니 하루에 왕복 50분을 걷는 셈이어서 적당한 소확행 스포츠임이 틀림없다.

붓다는 소확행을 지족知足, 즉 지금 족한 바를 아는 마음이라

했다. 아무리 좋은 환경에 있어도 족한 바를 모른다면 항상 불만이 생긴다는 뜻이 담겨있다. 작은 것에서 감사할 줄 알고 삶을 관망할 줄 아는 것이 무엇보다 중요하다는 말이다. 소확행은 타인에게보다 자기 자신에게 질문해봄이 바른 일일 것이다.

새해에는 자신의 행복을 타인에게 물을 것이 아니라 여러분 스스로에게 물어보는 아름다운 한 해가 되기를 간절히 바란다. 새해 카페 창가에서 내 마음을 있는 그대로 표현해본다.

(2019. 1. 13.)

걷기는 삶의 보약

− 아이디어가 잘 떠오르죠 −

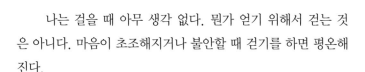

나는 걸을 때 아무 생각 없다. 뭔가 얻기 위해서 걷는 것
은 아니다. 마음이 초조해지거나 불안할 때 걷기를 하면 평온해
진다.

기분이 업될 때는 어디론가 훌쩍 떠나 걷고 싶을 때가 많
다. 한반도 땅끝 마을 해남까지도 좋다. 시골의 아름다운 길을
따라 며칠이 걸리더라도 걷고 싶다. 홀연히 외국에라도 나가 걷
고 싶지만 일단 국내에서부터 차근차근 걷고 싶다. 도별로 나누
어 봄 여름 가을 겨울, 계절에 관계없이 언제라도 걸어보는 거
다.

걷다가 피곤하면 쉬었다 가면 되고, 걷다가 배가 고프면

요기를 청하면 된다. 걷다가 서산으로 해가 어둑어둑 지면 숙소에 들어가 돈을 주고 푹 자면 된다. 다음 날 아침 상쾌하게 일어나 목욕하고 아침 먹고 또 걷는다. 산이든 언덕이든 다 좋다. 시골 마을 길이라면 더욱 좋고 멋진 도시가 나오면 그런대로 역동감을 느껴 좋다.

세상 사람들을 만나 한마디씩 말을 건네면서, 당신은 재미있느냐고… 당신은 어떻게 사느냐고… 그냥 산다고 대답하면 나도 그렇게 산다고 대답하련다. 내일은 어떻게 살 거냐고 물으면 오늘같이 살 거라고 대답할 테다. 걸으면서 세상을 알려고 부단히 노력하고 싶다.

과연 우리의 '행복'이 삶에서 무얼까? 당신은 무엇 때문에 살고 무엇 때문에 걷기를 하는 건가? 멋진 경치를 만끽하고 아름다운 글을 읽고, 조용한 음악을 듣는 것, 이 모두 행복을 위하여 하는 일이 아닌가?

약 400만 년 전 지구상에 나타난 인간은 오늘날 우리의 모습과는 좀 달랐다. 원숭이와 비슷하여 네 발로 기어 다녔고, 조금씩 진화하여 두 발로 직립 보행했다. 우연히도 티베트어로 '인간'이라는 의미는 '걷는 존재'라 한다. 그래서인지 인간이 걸어 다닌다는 사실은 아마 숙명일지도 모른다.

책표지를 《병 90%는 걷기만 해도 낫는다》라고 붙일 정도로 서점 점두에는 건강 책자가 많이 진열되어 있다. 바야흐로 백 세 시대에 즈음하여 '걷기'에 대한 모두의 관심이 어느 때보다 쇄도하고 있다.

2016년 '터널'이라는 재난 영화가 있었다. 영화감독 겸 배우인 하정우의 히트작이다. 장래가 촉망되는 그는 한강 변이든 하와이 와이키키 해변이든 장소를 가리지 않고 다니는 대단한 걷기광이다. 자그마치 30센티 크기의 왕발을 갖고 있는 그는 매일 3만 보 이상을 걷는다.

소설가 무라카미 하루키는 하루 20리를 달리지 않으면 좋은 글을 창작해낼 수 없는 달리기 마니아다. 이자카야 술집을 10년이나 바닥 체험한 그는 달리기 하나로 자기의 삶을 대역전시킨 보기 드문 건강인이기도 하다.

160여 년 전 미국의 자연주의 작가 소로우H. Thoreau는 그의 저서 《Walking》(1851)에서 다음과 같이 말했다.

나는 하루에 최소한 네 시간 동안, 대개는 그보다 더 오랫동안 일체의 물질적 근심 걱정을 완전히 떨쳐버린 채, 숲으로 산으로 들로 한가로이 걷지 않으면 건강과 온전한 정신을 유지하지 못한다고 믿는다. 나는 단 하루라도 밖에 나가지 않은 채 방구석에만 처박혀 지내면 녹이 슬어버리고, (중략) 고해성사가 필요한 죄라도 지은 기분이 된다…. _ *walking,* 소로우

정말 걷기의 철학을 통찰한 명석한 문학가임이 틀림없다.

'걷기'는 어느 누구에게라도 구애받지 않고 가장 쉽게 접근할 수 있는 건강 유지 방식이다. 부지런히 걸었기에 내 인생이 바뀌는 것이지 내 인생을 바꾸기 위하여 걷지를 않는다. 그렇기에 구차한 날씨 변화에 위축되어서도 안 된다.

걷고 난 후 목욕이란 또 최고로 상쾌함을 준다. 게다가 따뜻한 차 한 잔을 곁들이면 마음의 안정을 주고, 심리적 평화와 자유로움으로 빠르게 젖어들게 한다. 순간순간 번쩍이는 아이디어가 솟구치기도 하니 이 얼마나 삶과 일에 도움이 되는 보약 처방인가?

(2019. 3. 21.)

어차피 살 거라면!

– 유머를 던지며 살자 –

엄마 아빠 아들 세 명이 밥상 테이블에 가만히 앉아있다. 잠시 있다 드디어 말을 시작한다. "밥 묵자!" "점심은 뭐 뭇노?" "이 짜석아!" "므라 씨부리쌌노!"같이 점점 퉁명스럽고 투박하게 경상도 사투리가 막 튀어나온다.

꽤 오래전, 20년 가까이나 인기 폭발한 개콘 코너 '대화가 필요해!'의 한 장면이다. 대체로 말수는 적지만 해학이 넘친다. 평상시 대화가 없는 일가족의 무뚝뚝한 사투리 억양과 전혀 장면에 관계없는 콩트를 던져 시청자들에게 웃음을 만끽하게 해 주었다.

기분이 우울할 때나 일과가 끝나고 피곤할 때, 뭔가 기분

전환이 필요할 때, 이 프로의 한 장면을 보면 웃음의 엔도르핀이 솟아난다. 현대 사회의 문제점인 가족 간 대화의 필요성을 한때 리얼하고 코믹하게 풀어낸 핫한 프로였다.

옛날 경상도 지방에서 많이 회자되던 말이 있다. "저 사람, 곡게이 마이 지기네많이 하네!"라는 어른들의 말투를 나는 어릴 때부터 많이 들어왔다. 그때는 다들 가난하게 살았지만 그래도 해학적인 여유는 꽤 많았던 것 같다.

이 말은 원래 '곡케이다滑稽だ'라는 일본어 어휘다. 우습다, 우스꽝스럽다, 익살스럽다는 사전적 의미를 갖고 있는 단어인데 아직도 우리말 속에 잔재로 녹아있다.

억양이 센 경상도 사투리도 자주 듣곤 한다. "어데 갔나?"와 "어데 갔노?"라는 두 개의 말. 이 말은 전혀 뉘앙스가 다르다. 전자는 '어딜 좀 갔나?갔나, 안 갔나?'라는 뜻이고 후자는 '어디에 갔는데?어느 곳에 갔나?'라는 생판 다른 뜻이다.

이러한 특유의 억양 때문에 경상도 이외 사람들은 알아듣기 쉽지 않다. 상황에 따라 웃지 않을 수 없는 해학적 표현이 되기도 한다.

키가 작은 뽀빠이 이상용은 요즈음도 많은 사람에게 웃음을 주어 사회를 밝게 한다.

"경비원 145명 중에서 1명을 선발하는데 사팔뜨기가 뽑혔어요. 이유를 물어보니까요! 양쪽으로 폭넓게 보고 있으니 경비로서 최고의 적임자가 아니겠어요? 그래서 뽑았대요!"

비록 짤막한 콩트지만 웃음이 저절로 나온다.

'뽀빠이'라고 불릴 만큼 근육질 몸매로 유명한 그는 지난 한평생을 절약하는 삶으로 살아왔다고 한다. 그렇지 않으면 키 크고 잘 생긴 사람을 따라 잡을 수가 없어서다. 키 큰 사람이 잠잘 때 그는 공부했고, 그들이 술 마실 때 열심히 운동을 했다. 남다른 노력을 한 그가 수많은 웃음을 주고 용기와 희망을 주고 있으니 우리 사회가 더욱 밝아지지 않겠는가.

"웃음은 마음의 치료제일 뿐만 아니라 신체의 미용제예요! 당신은 웃을 때 가장 아름답게 보여요! 웃으면 사람의 몸과 마음을 이롭게 하는 온갖 경이로운 일들이 일어나요!" 등 웃음에 대하여 많은 사람이 호평을 아끼지 않는다.

웃음이란, 무언가 중대한 것을 기대하고 긴장해 있을 때, 예상 밖의 결과가 나타나 갑자기 긴장이 풀려 우스꽝스럽게 느껴지는 감정 표현이다. 외형으로 보면 얼굴 표정을 망가뜨리고 배를 움켜쥘 정도로 마음껏 웃는 행위다. 게다가 웃음은 어떤 관념과 관념이 불균형을 이룰 때 잘 나타나는 것 같다. 신사가 바나나 껍질을 밟고 넘어진다거나 어린아이가 어른 바지를 입었을 땐 웃음이 나오지 않는가.

아무튼 우리의 삶은 너무 진지하면 숨이 막혀버린다. 그래서 여유로움이 사라지고 막다른 궁지로 몰릴 수 있다. 유머와 함께하는 웃음은, 힘든 삶을 잠시나마 잊게 해주는 해독제요, 다시 살아나게 하는 강장제와도 같은 것이다.

이런저런 근심거리를 웃어넘기는 유머 감각을 지니는 것이야말로 좋은 일이다. 버럭 화내지 말고 의미 있는 한 마디 유머를 던지며 사는 것, 정말 즐겁지 않은가? 어차피 한평생 살 거라면 하루하루 즐겁고 유쾌하게 살아야 한다. 실컷 웃으며 살자!

(2019. 8. 27.)

쎄시봉과 파바로티

- 진실한 사랑 -

⚜

대학 시절 종로에 있는 음악감상실 '쎄시봉'에 여러 번 가 봤다. 트윈폴리오 멤버 송창식은 그곳에서 처음으로 얼굴을 선 보인다.

남루한 옷을 입고 낡고 해진 통기타를 끼고 아리아를 열 창한다. 오페라 '사랑의 묘약'에 나오는 '남몰래 흐르는 눈물Una furtiva lagrima'이다. 팝송 애호가들인 관객은 전혀 예상치 못한 아 리아 음악을 듣고 크게 감동한다. 감미로운 고음에 낭랑한 목소 리로 천장이 뚫어질 듯 파워풀하게 불렀기에 더욱 환호한다.

실제 오페라의 한 장면을 잠시 감상해 보자. 2막이 오르 자 주인공이 무대 왼쪽 출구에서 천천히 걸어 나온다. 허름한

옷에 윗도리를 어깨에 걸치고, 검정 구레나룻 수염에 뚱뚱한 체구의 주인공이다. 이태리 성악가 '파바로티'. 시골 청년 네모리노 역으로 오페라 '사랑의 묘약'을 실연하고 있는 모습이다.

유니크한 목관악기 바순의 은은한 소리가 배경 음악으로 깔린다.
"우나 포르티바 라 그리마/ 넬레 오키 소이 스푼토…"
아름다운 고음의 목소리가 관중을 완전 매료시킨다.

옛날 '황태자의 첫사랑'이라는 뮤지컬 영화를 본 적이 있다. 큰 맥주잔을 손에 들고 테이블 위에 올라 선창하던 테너 '마리오란자'의 모습이 눈에 아른거린다. 나는 그보다 고음의 중후한 감이 드는 파바로티를 더 좋아한다.

남몰래 흐르는 눈물이여!/ 그녀의 눈에서 눈물이 흐르네/ (중략) / 오! 하늘이시여! 나는 죽을 수도 있어요/ 나는 이제 더 이상 바랄 게 없어요/ 사랑을 위해 죽을 수도 있어요! _
남 몰래 흐르는 눈물, 도니제티

내용이 절절하다. 그녀의 눈에서 눈물이 흐르고 있다니 분명 그녀는 나를 사랑하고 있는 것이야! 그러니 나는 이제 죽어도 여한이 없다는 간절함이 깃든다.

결국 오페라의 줄거리는 가짜 약으로 '진실한 사랑'을 찾게 된다는 이야기다. 순진하고 소박한 청년 네모리노는, 대농장주의 딸인 아름다운 아디나의 사랑을 얻기 위해 가짜 약장수에게서 값싼 포도주를 산다. 사랑의 묘약으로 알고 속아서 구입하는데, 묘약을 마시면 사랑을 얻게 된다고 믿는 그는 그걸 마시고 만취하여 구애한다. 묘약의 힘이라 생각하고 기뻐하지만 실은 '진실한 사랑'의 힘인 것이다.

'진실한 사랑'은 자유를 주는 일이며, 그것도 한꺼번에 동시에 따지지 않고 주는 일이다. 그것은 또한 상대가 원하는 것을 도와주는 일이며, 비록 내가 싫더라도 상대가 하고 싶은 대로 인정하고 기다려주는 일이다.

동백꽃이 생각난다. '진실한 사랑, 겸손한 마음, 그대를 누구보다도 사랑한다'는 아름다운 꽃말을 품고 있다. 그렇듯 이러한 사랑을 머금은 동백꽃이야말로 속세에 물든 우리들에게 큰 경종을 울려주는 것 같다.

동백나무는 가까이 있어도 피해를 주지 않고 서로 잘 어울려 살아가는 슬기로운 나무라 한다. 우리의 모습도 그랬으면 한다. 우리 모두 화합하며 세상의 울타리가 되는 통 넓은 사람이 되었으면 한다. 필 때도 질 때도 동백꽃처럼….

좀 있으면 따스한 초봄이 온다. 동백나무의 꽃을 보러 가
자.

(2020. 2. 3.)

다하고 나면 지는 일만 남게 된다는 것을

- 절정으로 가는 과정 -

❧

가깝고도 먼 나라 일본을 두고, 어느 외국인은 동양의 진주라 극찬한 적이 있다. 일본에는 아름다운 명승지가 많기로 유명하다. 일본 3대 절경! 그것은 미야기현의 마츠시마松島, 교토에 있는 아마노하시다테天橋立, 그리고 히로시마에 있는 이츠쿠시마厳島다.

그중 하나인 미야기현의 아름다운 마츠시마를 보고 읊은 시가 눈에 띈다.

'마츠시마여!/ 아아! 마츠시마여/ 마츠시마여!' 松島や/ ああ松島

や/ 松島や, 田原坊

기껏 17자의 음절로 이루어진 세상에서 가장 짧은 시다. 소위 말하는 일본의 단시인 하이쿠俳句다. 18세기 에도 후기 품위 있는 말을 잘하는 해학가 타하라 보田原坊, 1603~1868가 익살스레 읊은 시다.

자기 자신을 완전히 잃어버린 감탄조의 표현이라 할까, 최고의 아름다움을 표현한 것이랄까. 아름다운 절경에 할 말을 잃은 '절정'의 상태를 담아놓은 하이쿠라 할 수 있다.

이렇게 글의 작법이나 도자기, 예술의 세계에서 작가의 의도가 무아지경에 돌입할 때나 또는 자연현상의 모습을 보고 완전 초월한 상태에서 '절정의 아름다움'을 잘 표현한다.

대개 '절정'이라는 말은 가장 높은 정도의 것을 통칭해서 말하는데, 산의 '꼭대기'나 주식 시세에서 최고 시점인 '상투', 심지어 일의 '클라이맥스'일 때 표현하기도 한다.

특히 문학에서는 극劇이나 소설의 전개 과정에서 갈등 요소가 최고조에 이르는 단계를 말하기도 한다. 점층법漸層法이라 하여 문장의 뜻을 점점 강하게, 또는 크게 하거나 높게 하여 절정에 이르도록 하는 일종의 수사법이라 하니 흥미롭다.

어느 때는 성의학에서 쾌감의 절정인 오르가슴까지 격정

적인 말로 바뀌기도 한다. 인간의 성감에서 극단적 표현으로 이어질 때다. 온다, 죽어버린다, 아니면 하얀 개가 보인다, 터널 맞은편까지 왔다고 하면서 일성을 고하는 경우이다.

11세기 중국 송나라 즈음, 불교 사상을 유교 철학에 도입한 사상가 소옹_{邵雍, 1011~1077}이 읊은 한시 중 가슴을 치게 하는 시가 있다.

반쯤 핀 꽃봉오리를 자세히 보고서 한 말이다. 절정으로 가는 과정이 무척 아름다워 이렇게 표현했던 걸까?

좋은 술 마시고 은근히 취한 뒤/ 예쁜 꽃 보노라/ 반쯤만 피었을 때 美酒飮敎微醉後/ 好花看到/ 半開時, 소옹

은근함과 기다림에 매우 관심이 가는 한시다. 아침 이슬에 깨어나는 꽃봉오리는 고우면서 예쁘다. 이슬을 채 털어내지 못하고 햇살을 한껏 받은 꽃봉오리. 수줍게 속내를 보이지만 허투른 몸짓이 아니라는 듯 야무지기 짝이 없다.

일반적으로 최고의 행복한 순간을 꿈꾸기 위해 활짝 만개한 꽃에 주목하게 되는 게 우리의 삶이다. 마냥 서둘러 만개하기를 바라는 가벼운 생각뿐이니 얼마나 허망하랴!

하지만 어느 누가 이러한 진리를 알겠는가. 다하고 나면 지는 일만 남게 된다는 것을. 최고의 행복한 순간보다 '절정으로 가는 과정'이 아름답다는 것을 정말 이제는 알 것 같다.

우리의 세상만사는 앞으로 더 좋아질 것 같은 예감이 드는 순간, 삶의 충전 에너지를 분명 얻을 수 있을 것이다. 이건 변화무쌍한 자연의 사계절이든 인간 본연의 순수한 감정이든 니와 니의 인연이든 어느 하나 다를 바가 없다. 우리의 삶도 이같이 똑같은 이치가 아니겠나.

(2020. 5. 11.)

새롭고 낯설게 보이는 순간

— 개나리 십센치 —

꠸

언젠가 잠실 어느 홀에서 뮤지컬 '맘마미아'를 가족과 함께 본 적이 있다. 유명 뮤지컬 가수가 나온다기에 선뜻 동참했다. 극 중의 딸 소피가 결혼식을 앞두고 엄마가 사랑한 세 명의 남자 중에서 아빠를 찾는다는 코믹한 영국판 뮤지컬이다. 시종일관 아바ABBA의 신 나는 곡으로 점철된다. 진짜 아빠를 찾아가는 과정이 스릴 만점이어서 잠시도 눈을 뗄 수 없다.

중간중간 출연자가 성이 차지 않을 땐 입에서 속된 말이 튀어나온다. '개나리 십센치야!'라고. 왠지 듣기에 싫지가 않다. 노골적인 속어가 아니라 포장이 되어있는 듯 관객을 신선하게 해주니 오히려 흥미를 더해준다.

맘마미아Mamma mia는 이탈리아어로 '나의 엄마'라는 뜻이다. 놀랐을 때나 괴로울 때 자기도 모르게 나오는 감탄사다. '오세상에 맙소사!' 정도로 생각하면 될 것 같다.

속어는 정말 순화해서 써야 할 것 같다. '개나리, 십센치' 정도라면 허락해줘도 되지 않을까? 마냥 긍정적이면서 유연한 언어로 순화되는 듯하여 나쁘지는 않다.

지난 이른 봄 아파트 자락 길에 개나리 군락지가 무더기로 자라는 걸 봤다. 맑은 날 햇빛에 원색이 드러나는 개나리꽃. 단순한 노랑이 아니라 샛노랑색이다. 왜 '나리꽃'이라 하지 않고 '개나리꽃'이라 할까?

보통명사 '개'를 잠깐 보자. '개狗'라는 동물은 오랜 옛날 '가히'라고 말했다 한다. 15세기 문헌에서 흔히 쓰였다고 하는데 아직도 경기도 방언에서는 '개'를 '가히'라고 쓰고 있으니 신기하다. 모음 'ㅏ'와 'ㅣ' 사이의 'ㅎ' 소리가 차츰 약화되어 오늘날 '개'로 쓰이게 된 것이다.

'개'라는 동물의 이미지를 보면, 순하게도 먹이만 주면 주인이 시키는 대로 말을 잘 듣고, 나쁘게 말하면 줏대가 없고 충성스럽기 짝이 없는 놈이다. 그러나 고양이는 먹이를 아무리 줘도 주인을 가끔 할퀸다. 싫으면 싫다고 표시하는 주관이 뚜렷한 동물이다. 그래서 개는 개새끼라고 하나 고양이는 고양이 새끼라고 말하지 않는가 보다.

'개'가 접두어로 쓰일 때는 몇 가지 뜻이 있다. 하나는 비하적이고 비속적인 용도로 쓰인다. '매우'라는 강조의 뜻이 부가되어 개망나니, 개무시, 개망신과 같이 부정적 이미지가 많다. 또 하나는 야생 상태 그대로, 질이 떨어지는, 유사하지만 모양이 다소 다른 뜻으로 사용되기도 한다. 개살구, 개꿈, 개나리 같은 말이다.

이와 달리 최근 들어 젊은 층에서는 새로운 기능으로 사용되는 흥미로운 현상이 나타나기 시작한다. 개먹다, 개마시다, 개찌다, 개좋다와 같은 신조어들이다.

예를 들면 "어제 MT 갔다 와서 안주 개먹고 술도 개마셨어." "나, 살 개쪘지?"

카페 옆 테이블에서 소리 내어 떠드는 대학생들의 말이다.

그뿐이랴 순화된 말 중에는 긍정의 의미로 사용되는 '오늘, 날씨가 개좋다.'라는 표현도 자주 들린다. 주인과 함께 걸어가는 개의 모양새가 멋지게 보여서 그렇게 말하는가, 윤기가 자르르 흐르는 긴 털이 팔랑팔랑 물결쳐 아름다워서인가? 아무튼, 그런 대형 개의 느낌이라 어쩐지 기분 좋은 뉘앙스를 풍겨 그렇게 말하나 보다.

살다 보면 우린 수많은 삶의 문제와 부딪쳐 고민에 빠진다. 이를 해결하기 위해선 상대에게 적절한 말과 행동을 건네는 것도 한 방법일 테다. 삶의 구석구석에서 일어나는 지혜란, 상대로부터 '듣는 것'에서 비롯될 수 있다. 하지만 삶의 후회는 대개 '말하는 것'에서 시작되는 것이어서 아이러니하기도 하다.

일상에서 가끔 새롭고 낯설게 보이는 것도 삶의 큰 활력소가 된다. 그곳에서 우린 소소한 행복을 조금씩 찾아내는 순간, 삶의 진가를 발견해 낼 수 있지 않을까.

(2020. 5. 28.)

'하지만 하지만 할머니'

—일체유심조 —一切唯心造 —

올 여름에는 어느 때보다 화젯거리가 많다. 8월에 들어 매스컴의 주제로 내세운 내용들을 보면 '애호박 하나에 5천 원… 하지만 농민 소득은 제자리입니다', '내일까지 장맛비 소강… 하지만 안심할 수 없다', '한국에서는 백선엽을 중심으로 한국전쟁이 서술된다. 하지만, 제대로 부각되지 않은 측면이 있다.' 이같이 우리말에서 '하지만'이 빈번히 사용되고 있는 것이 눈에 띈다.

'하지만'이라는 말은 흔히 일상 대화에서 앞말의 내용에 대하여 사실을 인정하면서도 토를 달거나 할 때 자주 쓰인다. 예를 들면 '난 나를 따끔하게 채찍질할 수 있는 차가운 도시 남자. 하지만 내 여자한텐 따뜻하게 해주겠는데…'와 같다.

흥미롭게도 이 말은, 자기가 한 일에 대하여 정중히 사과를 한 후 자주 붙여 말하는 습관이 있다. "백수라서 미안해요. 하지만 금방 일어날게요." "미안해요, 사랑해요. 하지만 난 엄마처럼 살기 싫어요."

그렇게 말하는 순간 사과의 질을 떨어뜨리거나 내 책임만 있는 것이 아니라 네게도 책임이 있다는 뉘앙스가 깔려 있다. '하지만'을 씀으로써 '진정성'이 일순간 바람처럼 날아가 버린다.

원래 '하지만'은 앞뒤 내용이 서로 일치하지 않거나 상반되는 사실을 나타낼 때 쓰는 말이다. '내 방 시계는 고장 났어. 하지만 안방 시계는 고장 나지 않았어.'와 같다.

뿐만 아니라 다음과 같이 양보적인 대립의 뉘앙스를 풍기기도 한다. '이 우화는 꾸며낸 이야기다. 하지만 그 속에 담긴 교훈은 현실을 사는 데 많은 도움이 된다.'

하물며 '지금부터 노래를 부르자. 하지만 작은 소리로 부르는 거야.'와 같이 조건의 의미가 도드라지기도 한다.

'하지만'에 대한 어용론적 이야기를 했는데, 공교롭게도 서명이 '하지만 하지만'으로 시작되는 흥미로운 책 한 권이 서점 점두에서 발견된다.

《하지만 하지만 할머니》원제, だってだってのおばあさん, 1975라는 상상의 그림책. 경박하지 않으면서도 가볍고 재치 발랄한 글을 많이 남긴 그림 작가 사노 요오코佐野洋子, 1938 2010의 작품이다. 그의 작품에는, 느긋하고 편안한 선과 따뜻한 색채로 인간에 대한 끝없는 호기심을 보여주는 책이 많다.

그중 우리들에게 삶의 지혜를 잔잔히 띄어주는 아름다운 책이다.

어느 마을에 5살 고양이와 98세 할머니가 살고 있었다. 할머니는 "하지만 난 98살인걸! 아무것도 할 수 없어!"라면서 늘 허탈하게 말한다. 99살 생일날, 케이크에 꽂을 양초를 사러 간 고양이 녀석이 그만 잘못하여 달랑 5개만 들고 온다. 그날 이후 할머니는 5살 어린아이로 되돌아가 살게 된다.

늘상 가는 고양이의 고기잡이에 할머니도 마지못해 따라나선다. 그러고 보니 할머니는 94년 만에 고기잡이를 하는 셈이 된다. 돌연 다섯 살 어린아이가 되고 보니 할머니는 어쩐지 나비가 된 것 같고, 어쩐지 새나 물고기가 된 것 같다고 한다.

"내가 왜 좀 더 일찍 5살이 되지 못했을까?"라며 자신을 후회한다. 더욱이 '하지만 하지만'이라고 자기를 나이 속에 자꾸 가둬두고 있었던 건 아니었나 한탄한다.

나이를 먹어도 하고 싶은 걸 다 하게 되었다는 상상의 이야기다. 그건 곧 '마음가짐'이 얼마나 중요한지를 가르쳐주는 것이 아니겠나.

우리의 삶에서 "하지만 하지만" 하고 망설였던 것, 머뭇거렸던 일. 그런 일들은 반드시 후회하게 될 것이다. 고승 원효대사의 일체유심조—切唯心造와 뭐가 다르겠는가? 비록 해골에 담긴 빗물을 마셔도 마음먹기에 따라 정화수가 될 수 있다는 말이다. 무슨 일이든 할 수 있다는 자신에 찬 '마음'이 소중한 것이다.

(2020. 8. 27.)

우리는 한평생 살아가고 경험하면서
삶이 너무 짧다거나 길다거나 한탄한다.
때로는 풍요롭지만 가난하다고 내뱉는다.
어떤 때는 충실하다거나 공허한 느낌이 든다고도 실토한다.

어쩌면 그것은 우리 모두가 '인간'이기에
어쩔 수 없는 '숙명'이라 생각하기 때문이다.

3부

세월의 물살에도
방향을 잃지 않는 지혜로

칼국수를 먹으면서 세상을

– 순자의 '지지유고 언지성리持之有故 言之成理' –

울산에서 강의를 마치고 서울로 상경한다. 집으로 귀가하기 전 마침 점심시간이 되어 칼국수 집으로 향했다. 평소 자주 들르는 명동의 유명한 칼국수 가게다. 대학을 다닐 때부터 먹어왔으니 수십 년째가 된다. 단골손님이라도 이렇게 오래된 고객이 있을까 싶다. 그만큼 나는 알싸한 맛의 칼국수를 좋아하는 것 같다.

오늘, 강의하는 도중 예기치 않게 법무장관에 관한 이야기가 불쑥 나왔다. 온 나라를 떠들썩하게 하는 소위 조국 사태다. 이것에 대하여 어떻게 생각하느냐라는 질문에 학생들의 반응은 찬반으로 나누어진다. 씁쓸한 기분이다.

이 좁은 땅에 양자로 나누어 살겠다는 의미인가? 요즘은 어디를 가나 한일관계도 그렇고, 한미관계도, 남북관계도 모두 양자의 진영 논리뿐이다. 한마디로 마음이 편치 않다.

식사 후, 명동 거리를 지나 시청 앞을 거쳐 광화문 대로로 들어섰다. 가을빛 햇살이 내리쬐는 세종대로는 언제나처럼 지나가는 인파들로 북적댔다. 행인들의 걸음걸이는 가벼워 보인다. 평일이라 경찰 호송차 몇 대만 도롯가에 세워져 있다.

여기는 매번 주말마다 와글거리던 장소로 보수, 진보 모두 자기들의 주장을 외쳐대던 성토장이 아닌가? 수요일 평일이라 세종로 건널목에는 몇 군데 플래카드만 들고 있는 사람밖에 없다. 지나가는 행인들은 그저 무덤덤하니 쳐다보고는 제 갈 길을 재촉한다. 세종대왕 동상이나 이순신 장군 동상은 아무런 흔들림 없이 제자리에서 굳건하다. 지금 우리의 진영 논리에 아무런 존견尊見도 없는 듯 개의치 않는다.

동양 철학에서 '의사 결정'의 문제를 비중 있게 다루고 있다. 춘추전국 선진先秦 시대에, 제자백가諸子百家 논쟁은 진영의 논리를 공론의 장으로 잘 이끌었다고 한다. 제자백가란 그 당시의 사상가들이 주장하는 학파. 각자 자신의 이름을 걸고 복수의 주장을 쏟아내는 것이다.

그들 중 일파인 '묵자墨子'는 다양한 사상가들의 목소리를 내는 당시 시대 상황을 다음과 같이 상세히 표현했다.

> 사람이 하나면 주장도 한 가지, 사람이 열이면 주장도 열 가지, 사람이 백이면 주장도 백 가지였다. (중략) 단순히 주장이 늘어난다는 것이 문제가 아니다. 주장이 늘어나면 사람들은 자신의 주장을 옳게 여기고 타인의 주장을 그르다고 하여 서로 번갈아 비판을 일삼게 되었다. _尙同편, 신정근 역

> 이러한 시대 상황에서 양자의 논리를 벗어나기 위해서 지혜로운 '순자荀子'는 한 가지 현명한 '기준'을 내세웠다. '지지유고 언지성리持之有故 言之成理'를 강조한다.

즉 한 가지 주의 주장을 가지려면 반드시 그것을 뒷받침하는 '근거'가 있어야 한다. 그리고 그것을 주장하려면 반드시 이치가 있어야 한다고….

만약 이러한 기준이 없다면 그냥 떠벌리는 것과 주장하는 것의 차이는 존재하지 않기 때문이다. 상대방의 가치를 인정하고 서로의 생각을 주고받고 하면, 서로가 만족하는 접점에서 합의가 이루어질 수 있다는 것이다.

이 얼마나 합리적인 금언인가? 이 아름다운 강산에 살기

위하여 화합 협력하는 평화로운 나라로 만들어야 하지 않는가? 지금 우리는 상대의 단점과 트집만 잡고 서로 헐뜯고 있지 않은가?

인간은 자고로 시행착오를 겪으며 커가는 것이다. 비 오는 날 우산을 받치고 걸어가면 입고 있는 옷가지는 당연히 젖지 않는다. 하지만 하늘에서 떨어지는 그 '빗방울'의 본질을 진정 알 수 있을까?

인간의 삶도 마찬가지다. 한 인간이 아무런 자극도 없이 위험 부담 없이 산다면 세상 물정을 알 수 있겠는가?

그럼으로써 더욱 단련된 인간이 되고 희망찬 화합의 나라가 만들어질 것이다. '순자의 명언'을 되새기면서 우리 모두 화합하고 서로 용서하는 국민이 되도록 노력하자.

(2019. 10. 3.)

강남의 맑은 심장

– 백중盂中이라는 말은? –

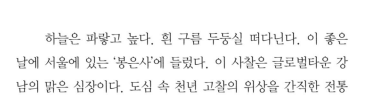

하늘은 파랗고 높다. 흰 구름 두둥실 떠다닌다. 이 좋은 날에 서울에 있는 '봉은사'에 들렀다. 이 사찰은 글로벌타운 강남의 맑은 심장이다. 도심 속 천년 고찰의 위상을 간직한 전통 사찰의 문화 공간이기도 하다.

봉은사에 들른 이유는 지난 7월 8일이 백중盂中 행사의 첫 날이기 때문이다. 올해는 사정상 울산 가까이 영취산 통도사에 는 가질 못했다. 8월 25일 백중은, 쉽게 말하면 돌아가신 조상 에게 제례를 올리는 날이다.

소위 불가佛家에서 말하는 조상의 영가靈駕, 영혼를 기리고 극 락왕생을 발원하는 날이다. 동시에 조상의 은혜와 효의 의미를 되새기는 행사다. 첫날은 다른 말로 백중 입재入齋 기도에 동참하는 날이라 말하고, 49일째 마지막 날은 회향回向하는 날이라 말한다.

도심 지하철 9호선 봉은사역에 내렸다. 9호선 차량은 일요일에는 네 량밖에 운행하지 않는다. 인천 국제공항으로 달리는 격조 높은 지하철 라인으로 생각하면 된다.

정문에서부터 대웅전 앞까지 연蓮잎들이 넓적한 단지 속에서 자라고 있었다. 백중 마지막 회향 날에는 아마 연꽃으로 장관을 이루어 아름다울 것 같다.

주지 스님이 낭랑한 목소리로 법문을 한다. 목소리가 바깥까지 울려 참배자들을 숙연하게 한다. 대웅전은 고사하고 대웅전 뒤 광장까지 불자들이 꽉 차 있다. 이렇게 많은 불자가 열심히 법문을 경청하고 있는 것은 무엇을 뜻하는가? 모두들 잘되라고 하는 마음의 바람일 것이다.

우리 부부는 서 있는 채로 참관할 수 없어 바깥 대불상大佛像이 있는 곳으로 옮겨 예를 올렸다. 높이 23미터로 국내 최대 크기의 미륵 대불상이다.

대불 앞에서 삼배三拜를 했다. 아니 대불의 인자한 얼굴 자태를 보니 마음이 뭉클하고 득도하는 듯했다. 언젠가 경주 토함산에 올라 석굴암 대불에 삼배한 적이 있다. 그 마음만큼이나 온몸이 시원히 뚫리는 것 같았다.

"여보! 대불 앞에서 마주 보며 절을 올리니 마음이 이렇게 편안하지?"

봉은사 대불 앞의 반질반질한 화강암 반석은 7월의 태양에 이글거린다. 우리 부부는 따끈따끈한 바닥에 앉아 감탄한다.

"여보! 정말 뜨끈뜨끈해서 시원해!"

"그러네! 이게 극락이 아닌가?"

"아! 그럴 수도….."

대불상 뒷면에 펼쳐지는 한여름의 높고 파란 하늘. 정말 환상적이고 멋지다!

조상에게 올리는 의식 행사가 이어진다. 하얀 종이 띠에 '김령 김씨 조상 일체' '풍산 홍씨 조상 일체'라고 정서를 하여 볕 좋은 법등 아래에 하나씩 달아놓았다.

조금 있으니 벌써 12시 정오다. 특별히 한 일도 없는데 시장기가 돈다. 미리 점심 공양식사을 하자고 의견을 모았다. 좀 있으면 불자들이 모여들어 공양하기 힘들기 때문이다. 둥근 대접과 숟가락을 손에 쥐고 줄을 서서 배식을 기다린다.

자원 봉사자들이 분업을 하여 열심히 도와주는데 대접에 밥과 국을 담아주고 김치를 조금씩 올려준다. 국은 시래기 된장국. 표고버섯도 여러 조각 들어있다. 반찬 그릇은 따로 없이 그냥 대접 하나에 세 가지를 담아주는 초간편식 절밥이다.

봉은사의 공양식은 맛있다고 소문나 있다. 초파일에는 국수, 백중날은 시래깃국이 일품이다. 꿀맛이라 나는 한 국자 더 얻어먹었다. 최고의 만족이다.

응당 맛있게 먹어야 한다. 그 옛날 붓다가 출가하여 고행할 때를 생각해 보라! 붓다는 분소의糞掃衣를 걸치고 새가 먹는 모이보다 적게 먹고 다니지 않았는가?

이제 순서는 조상에게 잔을 올리는 시간. 잔을 올리는 불자들이 많아 두 시간이나 기다려야 한다. 그래서 모두 뒷광장에 대기하면서 금강경을 큰 소리로 암송한다. 모두들 암기하고 있을 정도니 대단한 불력이 아닌가? 부디 반야용선도를 타시기를.

(2018. 7. 30.)

막말을 막하는 슬픈 세상

– 남에게 가슴 아픈 말, 한 적은 없는가요? –

나는 티케이TK 지역 한복판, 보수로 똘똘 뭉친 대구지방에서 많은 형제와 함께 자랐다. 주위에서도 그랬지만 가정 내에서도 경상도 사투리는 귀에 딱지가 앉도록 듣고 많이 했다.

"밥 마이 문나?" "고마 디비 자라!" "저 영감탱이" 등이다. 친구지간이고 친척이고 간에 수없이 듣고 말하는 사이에 자연스럽게 들리는 말이 되었고, 또한 구수한 사투리로 불편함 없이 사용했다.

그런데 가만히 그런 말을 듣고 난 뒤, 다음 행동을 하려고 하면 괜히 언짢은 기분에 사로잡혀 뭔가 상대에게 한마디 대꾸를 하고 싶은 마음이 간절하다. 그러나 순간 포착을 잡아내지 못하는 야릇한 심리는 나 스스로 쉽게 이해가 가지 않는다.

정말 '말'이란 신비롭고 기이_{奇異}하기까지 하다. 말의 의미란 외적인 음성 형식에 의해 나타나는 심적 내용을 말한다. 사회적 역사적으로 보아 일정한 음성 형식은 일정한 의미를 가지고 있는데 그것에 의해 커뮤니케이션이 이루어지는 것이다.

제1야당 대표가 지난 대선 후보 때 자기 장인을 보고 '영감탱이'라고 지칭한 적이 있다. 그는 해명을 한답시고 "경상도에서는 장인어른을 친근하게 표시하는 속어로 영감쟁이, 영감탱이라고 하기도 한다"고 너스레를 떨었다.

물론 그 지방에서는 그렇게 편안하게 말하기도 하면서 약간의 관용을 베풀어 주기도 한다. 그러나 공적_{公的}인 일국의 대선 후보가 대중 앞에서 공공연히 내뱉은 말이지 않는가? 용납되지 않는 슬픈 막말이다.

게다가 최근 6·13 지방선거 막바지에 터진 야당 대변인의 해괴망측한 언어 폭탄은 큰 사회 문제로 부각되었다. 잘사는 동네로 이름난 목동에서 재미나게 살다 이혼하면 부천으로 이사가서 살고, 그곳에서 못 살면 인천으로 이사가 살게 된다는 소위 '이부망천'이라는 희한한 사자성어를 개발해낸 것이다.

그래도 우리는 동방예의지국임에 틀림없다. 왜냐하면 이번 지방선거에서 용납되지 않은 현상이 투표에 그대로 나타났기 때문이다.

최근 한진그룹 오너 일가의 일련의 갑질과 언어폭력도 또한 우리를 슬프게 하는 일이다. 아랫사람에게 소리 지르면서 "어우, 거지 같은 놈!", "간뗑이가 부었어?" 등 막말을 듣고 있으면 정말 가관이어서 어이가 없다.

이와 같은 반인륜적이고 부도덕한 언행을 허투루 하는 낯뜨거운 모습을 바라보면, 많은 사람을 허탈하게 하고 슬프게 만든다.

최근 젊은 에세이 작가가 쓴 양서 속의 따뜻한 말씨가 돋보인다.

필요 이상으로 말이 많아지는 이른바 다언증多言症이 도질 때면, 경북 예천군에 있는 언총言塚이 있는 '말 무덤'을 떠올린다고 한다.

진짜 말 무덤, 언총에다 더럽게 솟아낸 막말들을 모두 파묻고 큰절을 올려야 할 판이다. 정치가든 사업가든 누구이든 간에 스스로 가슴에 손을 얹고 반성해야 할 것이다.

당신은 남에게 말 무덤에 묻어야 할 가슴 아픈 말을 한 적은 없는가? 그 추하고 탁한 막말을 소중한 뭇 사람들의 가슴에 깊게 묻으며 살게 하는 것이 아닌지 진정 생각해봐야 한다.

(2018. 6. 24.)

어느 가수의 '아모르파티'

– 네 운명을 사랑했으면 –

✿

투우사의 빨간 망토 같은 화려한 옷을 걸치고 춤을 춘다. 흥이 나 옷자락을 잡고 빙글빙글 돌면서 춘다. 16비트의 빠른 전자 댄스 음악EDM에 맞추어 신 나게 춤추는 왕년의 트로트 가수 김연자의 공연 한 장면이다. 노래는 '아모르파티'….

10대부터 60대까지 남녀노소 누구나 이 노래를 들으면 좋아서 어쩔 줄 모른다. 처음 언뜻 들어보면 어디가 1절이고 어디가 2절인지 헷갈리기도 한다.

대학생들도 떼창으로 잘 부르는 노래여서 중장년층에 인기 있었던 왕년의 트로트 가수가 대학축제 섭외가수 1위가 됐을 정도다. 목소리 성량이 너무 좋아 마이크를 아래로 길게 내려서 부르는 일명 맷돌 창법을 즐겨 사용한다.

그녀는 45년 전 가요계에 데뷔했다. 7·80년대 일본에서 활동을 시작한 원조 한류가수이기도 하다. 서울올림픽 찬가 '아침의 나라에서'를 일본어로 개사해 히트시킨 후 여러 곡을 현지에서 유행시켜 대형 엔카가수로 인정받았다.

이제 데뷔 반세기를 맞이했는데 공교롭게 수년 전에 발표한 '아모르 파티'가 최근 역주행 인기를 끌면서 제3의 전성기를 누리고 있다.

이 노래가 스테디셀러로 사랑받는 이유가 무얼까? 그녀의 순수한 얼굴 모습과 파워풀한 목청 이외, 한동안 일본에서 마음 고생 한 것 때문에 그래도 팬들이 보살펴주어야지 하는 선한 동정심도 한몫했을 것 같다.

실은 라틴어 아모르파티 Amor Fati는 '네 운명을 사랑하라'라는 뜻이다. 독일 철학자 니체의 《즐거운 학문》《차라투스트라는 이렇게 말했다》에서 언급했던 바로 그 운명관運命觀이다.

'파티'라 하여 '파티Party'로 오해해서는 안 된다. 자기의 운명을 사랑하려는 마음은 누구든 갖고 있지 않은가? 음악에서 신나게 흘러나오는 가사 '나이는 숫자, 마음이 진짜, 연애는 필수, 결혼은 선택…'을 듣고 있으면, 이 노래를 부르는 사람이 마치 자기 인생의 노래를 부르는 것처럼 들려 더욱 감흥이 간다.

이 말의 특징은 누군가의 삶에서 일어나는 사건이나 상황을 '받아들인다'는 것이다. 운명에 순응하기보다 적극적으로 임하고 맞서라는 뜻과 일치하기도 한다.

다시 말하면 부정적인 것을 긍정적으로 전환하여 자신의 삶을 긍정하고 그에 대한 책임을 요구하는 것이다. 인간에게 필연적으로 다가오는 운명을 감수하는 것으로 그치지 않고, 오히려 이것을 긍정하고 자신의 것으로 받아들여 사랑하는 것이다. 자신의 운명을 거부하는 것보다 '스스로 개척해 나가야 한다'는 의지를 담고 있다.

최근 신간 서점 점두에 눈에 띄는 베스트셀러들은 대부분 '나'에 관한 도서다. 심지어 '혼자 있는 시간의 힘'이라는 코너를 별도로 마련하여 광고에 매진하는 그들의 심정을 역력히 볼 수 있다. 《자존감 수업》《나는 나대로 살기로 했다》와 같이 소위 트렌드 예언가가 말하는 미래의 '나나랜드'로 변해가는 듯하다.

우리는 한평생 살아가고 경험하면서 삶이 너무 짧다거나 길다거나 한탄해버린다. 때로는 풍요롭지만 가난하다고 내뱉는다. 어떤 때는 충실하다거나 공허한 느낌이 든다고 실토한다.

우리의 삶은, 시간이 흐르는 동안 한정된 삶이라는 사실을 뼈저리게 느낄 때가 많다. 신체, 즉 육신의 한계점을 느낄 때다. 그런데도 이러쿵저러쿵 마음대로 판단하면서 살아가는 것이 아닌가? 어쩌면 그것은 우리 모두가 '인간'이기 때문에 어쩔 수 없는 '숙명'이라 생각하기 때문이 아닐까.

(2019. 3. 7.)

커피 열 잔

– 말의 소통은 만병통치약과 같아요 –

몇 주 전 손자 녀석의 돌잔치에 쓰려고 금은방에 구경 갔다. 그것도 우리나라에서 가장 많이 금은방이 모여 있는 곳이다. 헤아릴 수 없을 정도로 금은방이 많이 모여 있는 장소가 있다니 입이 벌어진다. 이제 선진국이 되어선가 아니면 나라에 위급한 일이 자주 일어나선가?

일을 다 보고 커피 한 잔을 마시고 싶어 카페에 들렀다. 나이 지긋한 금은방 주인 같은 사람이 혼자 들어와 옆자리에 앉았다. 외모상으로는 분명 금은방을 크게 벌여놓은 여사장 같은 분위기.

카운터에 다가가 "저어기요. 커피 열 개요!" 주문이 약간 고압적인 느낌이다. 카운터 아가씨가 "네…." 하고 대답하고는 영수증 처리를 하고 재빠르게 커피를 로스팅한다.

서둘러 커피 열 잔을 쟁반에 하나하나 올려놓고서 "손님! 커피 나왔어요!"라고 부른다. 손님은 어리둥절해 한다.

"어? 커피 한 잔인데…. 커피 열 개(엷게)라고 했는데?"

카운터의 아가씨는 어이가 없는 듯, 조금 전 손님이 열 잔의 계산까지 했으니 응당 그렇게 생각한 거다. 단념한 듯 쟁반에 있는 커피를 수돗가에 모두 버리고 커피 한 잔을 새로 엷게 내놓는다.

손님도 애매하게 발음했고 주문받은 아가씨도 '확인'을 분명히 하지 않았던 거다. 조그마한 일이 이렇게 난처한 일로 바뀔 줄이야! 평상시 그들의 생활 습관이 어떤지 짐작이 간다.

한여름 어느 날, 중요한 일이 있어 서울 시내 앰버서더 호텔에 급히 간 적이 있다. 택시를 잡아타고 운전기사에게 행선지를 알려주었다.

"기사 아저씨! 앰버서더에 갑니다. 앰버서더에요!"

기사는 "예!" 하고 묵묵히 대답만 하고 출발한다. 한참 후 도착한 곳은 생뚱맞게도 앰버서더 호텔이 아닌 앰비씨MBC 방송

국 앞이었다.

전자와 마찬가지로 발음이 비슷하여 벌어진 황당무계한 또 하나의 해프닝이다. 단지 확인을 하지 않아 일어난 '불통'의 대표적인 예다. '소통'이란 모든 일의 만병통치약이라 하듯 불통의 원인이 이렇게 사소한 확인 부재에서 일어나다니 정말 간과할 수 없는 일이다.

사람은 누구나 하나의 단어, 여기서는 '열 개' '앰버서더'를 사용할 경우, 자기 나름대로 경험했던 것과 결부시켜 말하기에 이런 황당한 결과를 초래하는 것이다.

'말'의 의미란, 개개인의 경험과 결부되어 있으면서 개인의 마음과 머릿속에 항상 내재되어 있는 거다. 하지만 사람의 경험은 결코 같지 않다. 같은 한 사람의 경험이라 해도 매번 틀린다. 이같이 '말'은 대략적으로 이야기할 뿐 아니라 한 사람 한 사람의 경험과 결부시켜 이야기하기 일쑤다.

나는 명태 해물탕을 즐겨 먹는다. 지난주 어느 해물탕집에서 식사를 하는데 명태의 양이 적어 돈을 더 주고 먹으려 했다. 추가로 한 마리 더 시킬 수 있을 것 같아 주인에게 진지하게 주문을 부탁했다.

냉큼 "안돼요!"라고 칼날같이 잘라 말해 버린다. 금방 부부싸움이라도 한 듯 손님의 응대에 무뚝뚝하기 그지없다.

이런 연유에선가 점심시간에 이렇게 손님이 없어 텅 빈 것을 보면 자업자득이 아닌가. 요즈음 인기리에 방송되는 유명 프로그램 '골목식당'에 나가 지적을 호되게 받아 봐야 할 것 같다.

티베트 속담에 이러한 말이 있다. "말이란 부드러울수록 좋다"고. 부드러운 말은 특히 접객업을 하는 상인이라면 더욱 그들의 생명과 같이 고귀한 재산이다.

근면하고 성실한 개그맨 유재석은 평상시 예쁘게 말하기로 유명하다. "말을 할 때는 혀로만 하지 말고 눈과 표정으로 말하라"고 늘 강조한다. 소통의 중요성을 절실히 이해시켜 주는 단적 표현으로 불통의 벽을 허무는 아름다운 교훈이기도 하다.

(2019. 5. 19.)

무디게 살자

– 쿵푸 이소령은 둔감했어요 –

⚜

　　모든 것이 **빠른** 세상이다. 땅 위에서 움직이는 것 중 제일 **빠른** 것은 KTX 열차다. 그것만 그런가? 인간의 말들도 참 **빠르**다. 게다가 날카롭기까지 하다. 무기로 말하자면 예리한 '창'과 다를 바 없다. 이러한 '말의 창'이 일상 여기저기에서 우리를 향하여 있다.

　　그럴 땐 우리는 어떻게 맞이하는가? 맞대응으로 이어가면 어떻게 될까? 승과 패가 없이 그냥 마음에 깊은 상흔만 남을 뿐이다. 그렇다면 좀 '무디게' 반응하고 둔하게 대응한다면 좋은 대처 방법이 되지 않을까?

　　공교롭게도 정형외과 의사 출신인 작가 와타나베 준이치

로는 그의 저서 《나는 둔감하게 살기로 했다》에서 다음과 같이 좋은 이야기를 한다.

> 조금 기분 나쁜 말을 들어도 예민하게 굴기보다는 상대가 왜 그런 말을 하는지 느긋하고 차분하게 생각해 보세요. 상대방의 기분을 헤아리며 내가 얼마나 괜찮은 사람인지 생각해 보세요. '둔감하고' 아량 있는 마음가짐은 세상을 살아가는 데 큰 힘이 됩니다. _나는 둔감하게 살기로 했다

바보같이 멍청하게 대하자는 뜻이 아니다. 하나하나에 맞대응하지 말고 적절하게 부딪치며 살자는 의미가 담겨있다.

'예민하다'의 반대어로 '둔감하다'를 내세울 수 있다. 그 의미를 나름대로 일상에서 부정적 의미로 풀이하면 이럴 것이다.

좀 둔하다, 좀 멍청한 데가 있다, 이 세상에 태어나 마음은 편할지 몰라도 좀 게으르게 보인다, 세상 정보에 항상 타인보다 한 발자국 늦다, 움직임이 느려서 살기에 불편하다 등과 같은 뉘앙스를 풍기고 있다.

반면 긍정적인 면은 많아 보인다. 병에 잘 걸리지 않을 것 같다, 주사를 맞아도 아프지 않을 것 같다, 장 내시경 검사 때

별로 통증을 느끼지 못하여 수면 내시경이 필요하지 않다, 스트레스를 받지 않아 건강하며, 일찍 잠들고 늦게 일어나 혈압에는 변동이 없다 등이다.

오래전 서울 한복판 대연각 호텔에서 대형 화재가 발생한 적이 있다. TV 방송에서 직접 중계할 정도로 세상의 이슈가 집중되었다.

정신이 없어 무작정 고층에서 뛰어내리는 사람이 있는가 하면 창틀에 매달려 살려달라고 외치는 사람도 있었다. 그런 반면 객실 창가에서 흰 타월을 흔들면서 느긋이 구조를 기다리는 대만인도 있었다. 천만다행으로 그는 생명을 구했다. 그야말로 천운을 가진 '둔감력' 강한 사람임이 틀림없다.

반대로 예민한 경우를 일상에서 보자. TV토론 패널 중에 어찌나 샤프한 사람이 있는지 보는 사람이 신경이 쓰여 채널을 다른 데로 돌린 적이 있다. 스트레스를 받으면 그는 눈가를 파르르 떤다.

이런 부류의 사람도 있다. 늘 말쑥하게 차려입고 다니는 어느 지인은 깔끔한 인상을 풍겨 남에게 호감을 주어 좋다. 그럼에도 성격은 날카로워 싫은 소리를 들으면 예민하게 돌변해 버린다.

세기의 쿵푸 무술 1인자 브루스 리 '이소룡'은 대련 시 별로 움직이지 않는다. 하지만 상대를 이글거리는 눈으로 비수같이 제압하는 것이 압권이다. 둔감한 투우사처럼 멀리서 예리하게 관망하며 판단한다. 상대의 숫자가 아무리 많아도 촐랑촐랑 약을 올리며 가까이 다가오면 단방 쌍절봉으로 박살낸다.

적당한 '둔감력'으로 쿵푸 고수의 최고 노련미를 발휘하는 거다. 바보처럼 무디게 참았다가 순간 공격하고 허점을 발견하면 쏜살같이 찔러버린다. 둔감함의 극치를 그대로 보여주는 것이다.

철학자 니체는 사람과의 교제에도 '둔감함'이 필요하다고 한다. 늘 민감하고 날카로울 필요는 없다.

상대의 어떤 행위나 사고의 동기를 이미 파악했을지라도 모르는 척 행동하는 일종의 거짓 둔감이 필요하다는 거다. 적절한 둔감을 내보이면서 세상을 의연히 살아가는 것도 삶의 중요한 방식이다.

(2019. 7. 7.)

꿈대로 되더라!

– 우주 소년 아톰, 날다 –

✿

　　일본 동경 미나토쿠港区라는 번화가 빌딩숲에 고층 빌딩이
하나 있다. 배가 그림같이 떠 있는 푸른 바다가 내려다보이고,
아름다운 옛날 일본식정원浜離宮庭園도 깔끔히 내려다보인다.

　　빌딩 이름이 재미있다. 바닷물 조수가 멈추는 곳이라 하
여 '동경 시오도메汐留 빌딩'이라 부른다.

　　여기엔 37층 빌딩의 반을 사용하고 있는 일본 제일의 거
대 부자기업이 자리하고 있다. 한국인 3세 손정의孫正義 회장이
경영하는 '소프트뱅크 그룹'. 2018년 포브스에 의하면 재산이
무려 24조 5천억 원으로 일본 최고 부자다.

　　그는 어릴 때 만화 영화를 즐겨 봤다. 그중 우리에게도 잘

알려진 '우주소년 아톰鉄腕アトム'을 좋아했다. 영화 속에서 호기심을 갖고 본 것은 다름 아닌 과학자 코주부 박사가 집채만 한 크기의 컴퓨터를 조작하는 장면이다.

그의 나이 열아홉 미국 UC버클리 유학 시절, 가슴을 때리는 충격적인 일이 하나 있었다. 즐겨 읽던 과학잡지 속의 사진 한 장 때문이다. 어릴 때 즐겨 봤던 아톰 만화영화 속 그 거대한 컴퓨터가 사람 손가락 끝에 올려놓을 수 있는 작은 크기로 바뀌어져 있었던 사실이다.

'아니, 이렇게 작아질 수가…!'
인텔이 막 개발한 마이크로프로세서 칩이었다. 언젠가 나도 이런 경이로운 세계를 멋지게 이끌어가고 싶다는 '큰 꿈'을 꾸게 되었고 결심을 하기에 이르렀다.

늘 그는 꿈꾼다. 30년 이내에 IQ 1만이 되는 '슈퍼 인텔리전스super intelligence', 초지성 시대가 올 거라고…. 그것은 지난 30년간을 되돌아보면 컴퓨터 계산 능력이 100만 배나 증가했고, 기억 용량, 통신 속도도 전부 100만 배씩 증가했으니 가능할 것이기 때문이다. 조만간 컴퓨터가 인간보다 영리해지는 소위 싱귤래리티singularity, 특이점 세상이 올 거라고 이미 예단했다.
컴퓨터에 의한 슈퍼 인텔리전스의 세상이 30년 후면 반드시 일상에 현실화될 뿐 아니라 과학, 교통, 의료, 비즈니스, 생활 등 모든 것이 새로이 정의됨으로써 인간의 삶을 드라마틱하게 바꿔놓을 것이라는 생각이다.

그래서 모든 것에 컴퓨터 칩이 들어가 각종 로봇과 사물 인터넷IoT 기기와 함께 인간은 살아갈 것으로 보고 있다. 30년 넘게 꿈을 키워온 '정보 혁명'의 청사진이 구체화될 때까지 지금보다 더 크고 강력한 '손정의 왕국'으로 키운다는 것이다.

그의 불도저와 같은 도전 정신은 유명하다. 한때 중증 간염으로 시한부 인생을 선고받은 3년 동안, 병원에 머물면서 무려 4천여 권의 독서를 했다. 죽음을 눈앞에 두고도 그런 엄청난 독서를 하다니 정말 경외감이 들 정도다.

"매일 아침 눈을 뜨는 일은 즐거움입니다. 왜냐하면 새로운 '꿈'을 펼 수 있기 때문이니까요."라고 당차게 말한다. 스물네 살 때 처음 창업을 시작하던 날, 그는 과일 박스 위에서 2명의 직원 앞에서 소리쳤다. 앞으로 매출 2조 원의 소프트뱅크 회사로 키우겠노라고….

심리학자 아들러는 설명한다. 꿈의 목적은 꿈이 불러일으키는 감정 속에 내재하고, 개인이 창출하는 감정은 언제나 그

사람의 생활양식과 일치한다고 한다. 꿈이란 자신의 생활양식이 감정적으로 투사된 것으로 봄이 맞을 것이다.

성공한 사람과 꿈만 꾸는 사람과의 차이는 바로 '실천력'이다. 어려운 과정을 인내하고 극복하고 그 꿈을 실천하는 사람이 바로 손정의 같은 사업가가 아니겠는가.

사람들은 저마다 '꿈'을 가지고 있다. 그 꿈을 현실로 바꾸고 싶어 한다. 그러기 위해서는 그 꿈을 상상하고 그려내고 실천하는 것이다. 매일매일 나의 꿈을 노트에 적어보고 그것을 되새김한다면 그 꿈은 내 꿈이 될 수 있다. 꿈에 다다를 수 있다는 강한 믿음을 가지고 포기하지 않는다면 꿈은 '현실'로 바뀔 수 있다.

(2019. 9. 19.)

빌 게이츠와 영어 참고서

– 호기심이 없으면 자신감도 없다 –

&

중학 시절 이야기다. 한 반에 육십 명, 열 반이 있었으니 한 학년이 거의 육백 명이 되는 셈이다. 그땐 중·고교에 입학시험이 있어 학교마다 1, 2차 레벨이 매겨져 있었다. 그래서 교육열이 높았던 대구지방은 그때도 과외 열풍이 보통이 아니었다.

과외 학원이 있으면 거기엔 반드시 인기 스타강사가 화제였다. 몇 번 재미있게 강의를 듣고는 나 홀로 공부해야겠다는 결의가 생겼다.

그중 영어 학습은 나에게 큰 흥미를 갖게 해주었다. 유능한 강사가 있어 잘 가르쳤고 참고서도 재미있게 짜여 있었기 때문이다. 그래서 영어 과목만은 성적이 유난히 좋았다. 월례 고사는 매번 100점에 근접했고, 학년 말 종합성적은 102점까지 마크되기도 했다.

아마도 담임이 보너스로 2점을 더 보태주셨던 것 같다. 성적 규정상 말도 안 되는 일이지만 당시 그런 것이 통하던 시절이었다.

아니 공부를 어떻게 했길래 영어 점수가 그렇게 잘 나왔을까? 지금 생각해보니 영어 참고서에 대한 '호기심'과 철저히 공부해보겠다는 '자신감'이 그렇게 만든 것 같다.

중학교 때 공부한 그 영어 참고서는 구성이 특이하여 아직 뇌리에 생생하다. 특히 참고서 표지 안쪽의 〈일러두기〉가 백미였다.

공부하는 학생이 지켜야 할 몇 가지 〈건강 수칙〉 같은 것을 적어놓았는데, 첫째 아침에 일어나면 똥을 누라! 똥은 적이다. 둘째 아침에 일어나면 냉수마찰을 하라! 셋째 잠은 10시에 자고 6시에 일어나라 등 열 가지 정도의 명령조 표현을 써놓았던 거다. 꽤 흥미로운 책이어서 당시 중학생들에게 최고의 인기였다.

미국 서북부 워싱턴주 시애틀 옆에 길이 35킬로미터의 엄청 큰 호수가 있다. 세계에서 가장 자연적으로 이루어진 아름다

132   3부 ────

운 호수다.

그것이 내려다보이는 메디나Medina라는 동네는 미국 갑부
들이 많이 산다. 마이크로소프트사MS를 창립한 세계 갑부 1위
'빌 게이츠'도 이곳에 살고 있다.

자산 규모 90조의 그는 그곳 2천 평 대지에 있는 저택에
머물고 있는데, 7년의 건설 공사로 상상할 수 없는 초현대식 문
화 시설과 최첨단 공간으로 꾸며놓았다. 저택 이름도 MS답게
이상향무릉도원이라는 의미의 '재너두Xanadu 2.0'으로 명명했다. 바
로 호수 건너편이 자기가 태어난 고향 시애틀이 바라다보이는
환상적인 곳이기 때문이다.

그는 1년에 300권을 읽는 책벌레다. 그래선가 책 속에서
수많은 호기심 거리를 찾아내는 것 같다. 성공 후 그의 많은 명
언이 세계인들을 감동시키는 거다.

'호기심을 가져라'도 그중 하나다. 그는 어릴 때부터 컴퓨
터 시스템에 남다른 호기심을 발동했다. 고교 때 시애틀 시내의
교통 신호 체계 프로그램을 만들어 고향을 위해 봉사했다. 그만
큼 재능 있고 호기심 가득 찬 학생이었다.

"우주는 오직 나를 위해 존재할 수도 있다. 만약 그렇다면 내가 잘 되는 건 당연하며, 나는 그것을 받아들여야 한다"고 말한다. 도도할 정도로 '자신감'에 찬 모습은 하늘을 찌르고 남는다.

1975년 그의 나이 20살, 일찍이 동창 폴 앨런과 같이 MS를 창업, 일약 40살에 세계갑부 1위 타이틀을 거머쥐었다. 최근까지도 1, 2위 자리를 빼앗기지 않는다.

그는 모든 이에게 경종을 울린다. '태어나서 가난한 건 당신의 잘못이 아니지만, 죽을 때도 가난한 건 당신의 잘못이다.'라고…. 그것은 곧 무슨 일이든 '자신감과 호기심'을 갖고 실행하면 만사가 이루어진다는 뜻이 아닐까?

지금은 조용히 아내 멜린다, 세 자녀와 함께 대저택 재너두 2.0에서 자선단체를 설립하여 여생을 인류를 위해 봉사하고 있다.

역사상 삶의 목표와 미래의 꿈을 미리 정하고 그 실현을 위해 열심히 대비한 사람들은 대부분 그 목표에 도달했다. 거기에는 늘 호기심과 자신감이 상존한다.

(2020. 1. 27.)

이 겨울에 생각한다

– '오늘'은 선물이다 –

새해 첫날이 지나간 것이 벌써 까마득하게 느껴진다. 그리고 몇 주 후 음력설을 맞이하고 나흘의 쉼도 가졌다. 그것이 지난 지 달포도 채 되지 않았는데 마냥 저 멀리 가 있는 듯하다. 왜 그런 마음이 드는 걸까? 삶에 활력이 있어서일까, 아니면 어디 핫한 일이 생겨서일까?

지나간 세월은 모두 과거의 일이다. 과거는 과거일 뿐 하등의 쓸모가 없는 것인가. 그러면 늘 구가하던 추억들은 모두 과거의 일인데 어떻게 하나. 그것도 좋은 일만 뇌리에 새겨져 있고 좋지 않은 일은 떠오르지 않는다.

그래서 황금 같은 실타래들을 무궁하게 풀어 감성 모드로 남겼고 앞으로도 남기려 한다. 잠시 쉼이 필요할 것 같아 머릿속 상상으로 남겨두려 한다.

과거가 산더미같이 쌓여 나이로 축적되는 사실을 순간 알아차리자 기운이 빠지고 정신도 멍해진다. 혹여나 젊은이들에게 추한 모습으로 보이지 않는지 전전긍긍한다. 깡그리 무시해 버리고 당당하게 살아가면 될 텐데도….

지나간 과거의 세월은 소중하다. 하지만 현재와 미래는 어떤가? 지금 이 시간 '현재'가 무엇보다 중요하다고 생각된다.

내일이라는 미래는 차선에 두고 지금 현재 어떻게 살아가고 있는지, 과연 행복을 느끼면서 살고 있는지 궁금하다. 또한 진정 건강하게 사는 것인지, 좋은 감정이 풍부한 상태로 유지하고 있는 건지 답답하다.

차라리 지금까지 살아왔던 이대로의 모습으로 쭉 살아갔으면 좋을 것 같기도 하다. 가끔 인간에게 필요한 것들이 지나치게 디지털화되어 있어 흠이긴 하지만….

그렇다면 우리는 '현재'를 어떻게 살아가는 것이 지혜로운지 진지하게 고민해 볼 필요가 있지 않을까? 오랫동안 신문에

연재해 온 미국의 유명 만화가 빌 킨B. Keane은 힘주어 말한다.

"어제는 돌이킬 수 없는 역사이고, 미래는 도저히 알 수 없는 미스터리다. 그러나 오늘은 선물이다."라고….

영어로 '현재'를 '프레전트present라 한다. '선물'이라는 뜻도 있다. 오늘이라는 현재는 신이 인간에게 준 훌륭한 선물로 인정하니 잘 살아가라는 뜻일 것이다. 그만큼 오늘 이 순간이 소중하고 보배롭다는 고매한 충언이기도 하다.

하루하루 지나가는 '오늘'이란 후회가 아니라 만족스러운 삶을 선택하는 일이다. 삶의 전체를 기준으로 보지 않고 365일 중 하루인 '오늘'이다.

지금 하지 못하는 일은 과거에도 할 수 없었던 일이다. 또한 미래에도 할 수 없는 것이리라. 지금 이 순간 값진 일을 할 수 있다는 소소한 삶에 감사하며 살자.

1949년 노벨문학상을 받은 미국의 소설가 윌리엄 포크너W. Faulkner는 말한다. '내일이란 오늘의 다른 이름일 뿐이다.'라고.

오늘을 바꾸어야 내일이 바뀐다는 뜻이다. 내일에 희망을 갖게 하는 것은 오늘을 열심히 사는 사람들에게 일종의 자화상 같기 때문이다.

내일이 오면 희망이 있다기에 학수고대했지만 하루가 지나도 따분한 오늘만 계속된다면 우리는 무기력해졌다는 뜻이다. 아마도 이유는 지쳤거나 하고 싶은 일이 없거나일 것이다. 삶의 진리는 먼 곳에 있지 않다. 내 마음에 숨어있는 것이다. 그런데도 사람들은 그것을 멀리서 찾으려고 한다.

일체유심조一切唯心造. 그렇듯 만물은 생각하기 나름이다. 이 다섯 글자의 의미는 사바세계의 갈팡질팡 헤매는 중생들의 가슴 속에 늘 살아있는 것이다. 삶이란 마음을 어떻게 먹느냐에 따라 판가름난다. 그것이 답이고 마음 '심心'의 참뜻이다.

(2020. 2. 17.)

시간 여행자 슈가맨

- 용기 있는 자만이 겸손할 수 있다 -

30년 전 1991년은 나에겐 의미 있는 한 해였다. 신임 교수로 임용되던 해였기 때문이다. 그땐 여유가 없어선가 이런 노래가 있었는지 기억에 없다. 당시 20대 젊은이들이 선호했던 감성적인 음악이어서일까.

"기약 없이 떠나버린 나의 사랑 리베카/ 조각처럼 남아있어 내 가슴속에…."로 시작되는 이 노래는 당시 막 데뷔한 가수 양준일의 타이틀곡 '리베카'다.

지금 들어도 촌스럽지 않을 정도로 멜로디가 매력적이다. '리베카'란 사랑하는 사람의 애칭이기도 하지만 고국 '한국'으로 생각해도 좋을 듯하다.

예언이라도 했는지 가사의 내용이 그의 라이프 스토리와 똑같다. 그는 목소리보다 시대를 앞서간 댄서로 더욱 눈에 두드러진다. 30년 전 당시의 영상을 보면 세련된 패션 감각과 무대 매너는 그때의 가수를 마주하고 있는 것이 과연 맞는지 의아할 정도였다.

초등 2년 때 미국으로 건너간 그는 미 대학을 졸업하고 한국에 들어와 데뷔한다. 재미교포 가수인 셈이다. 데뷔 당시 시대를 뛰어넘는 패션 센스, 지나친 미국식 퍼포먼스, 노래에 영어 가사가 많고 선정적이라는 이유로 방송 출연까지 정지당했다. 무대에 서면 돌멩이나 신발이 날아오기 일쑤였다.

하물며 출입국 직원은 외국인이 왜 한국 사람 일자리를 빼앗느냐며 비자 갱신을 가로막을 정도였다. 모국에서의 짧은 뮤지션 생활은 이렇게 비참하고 허무하게 끝나버렸다.

그로부터 30년 후 2019년 말, 우연히 '시대'가 내버린 '그를' 시대가 다시 불러들였다. 그해 12월 '슈가맨'이라는 방송 프로그램에 처음 소환되어 기적의 도화선이 된 거다.

마이클 잭슨의 춤인 뉴 잭 스윙과 의상, 중절모, 긴 머리가 돋보였던 당시의 보기 드문 가수가 다시 등장한 것이다. 지금 나이 쉰한 살의 슈가맨은 신드롬을 일으킬 정도로 인기가 폭발해 행복해하는 모습이다.

최근 어느 방송 대담에서 앞으로의 계획과 꿈이 무엇이냐는 질문에 "저는 계획을 세우지 않아요."라고 주저 없이 말한다. 그에게 꿈이 있다면 일상 그대로의 '겸손한' 아빠, '겸손한' 남편으로 살아가는 것이라고 소박하게 말한다. 가슴이 찡하다.

이솝 우화의 한 장면이다. 사슴이 목이 말라 시냇가에 가 물 속을 들여다본다. 물에 비친 자기의 뿔이 매우 아름다워 감탄한다. '세상에서 나보다 더 멋진 짐승은 없을 거야!'라고.

그러나 물에 비친 자기 다리가 너무나 가늘고 초라해 열등의식에 사로잡힌다. 물을 먹는 순간, 사슴은 무서운 사자 울음소리에 놀라 삼십육계 도망친다. 한참 뛰다 나무숲 가지에 뿔이 걸려 사자에게 잡아먹힌다.

사슴의 다리는 도망치는 데 쓰였지만 으스대던 뿔은 나무에 걸려 죽음의 도구로 쓰인 것이다. '겸손과 교만'을 여실히 보여주는 한 예다.

꽃사슴같이 선하게 생긴 슈가맨의 얼굴을 보면 저절로 미소를 짓게 된다. '진짜 미소'를 잘 짓기 때문이다.

심리학자 에크만P.Ekman, 1935~ 은 진짜 미소를 짓는 사람은 놀라운 긍정적 정서를 가진다고 한다. 긍정적 정서는 삶의 시련을 잘 극복해주기 때문이다. 정말 그가 그런 것 같다.

'초두 효과'라는 말도 있다. 맨 처음 제시된 정보가 나중에 제시된 것보다 더 잘 기억되는 효과다. 그는 나이 어린 방송 MC에게 허리를 깍듯이 숙이곤 한다. 초두 효과가 좋은 겸손의 소유자이기도 하다.

> 삶에서 하루하루 '겸손'으로 살아가는 것도 하나의 지혜다. 낮은 위치에 있을 때 겸손한 모습이 되는 일은 쉽지만, 칭송을 받는 높은 자리에 있을 때 겸손한 사람이 되는 것은 쉽지 않다.
> 진정으로 용기 있는 사람만이 겸손할 수 있다. 겸손이야말로 나 자신을 낮추는 것이 아니라 나보다 상대방을 더 생각하는 것이 아닐까.

(2020. 4. 19.)

유혹하는 부사副詞
- 문장과 부사 -

"나는 루이 암스트롱 음악을 무척 정말 아주 참 좋아한다."

한 문장에 부사를 이렇게 많이 써 본 것은 여태 처음이다. 감정이 너무 노출되어 악문이 돼버렸다. '나는 루이 암스트롱 음악을 좋아한다'고 하면 될 것을 위와 같이 '무척'의 유의어를 총동원하여 최선을 다하는 듯한 기분을 나타냈다.

하지만 멋있게 써 보려는 욕심에서 그만 글이 느끼해져 버린 것 같고, 뭔가 거짓말을 하는 듯한 느낌이 들기도 한다.

한국어 품사론에서 별장으로 다루고 있는 '부사'의 설명을 참고해 보자.

'부사'는 용언, 부사, 문장, 체언, 관형사 등의 앞에 놓여

뜻을 분명히 하는 품사다. 순우리말로 '어찌씨'라 부른다.

부사는 문장 내에서 항상 부사어로만 쓰일 뿐 서술어와 관형어로는 쓰일 수 없다. 물론 체언에 부사격 조사가 붙거나 용언에 부사형 어미가 붙어 부사어로 쓰이기도 한다.

하지만 이들은 그 품사가 부사로 바뀌는 것이 아니라 임시로 부사적 기능을 하는 것에 지나지 않는다.

활용도 하지 않는다. 따라서 조사나 활용 어미가 붙을 수 없다. 가끔 '아직도 안 왔다, 빨리만 오너라'와 같이 보조사가 붙는 경우도 있다.

나는 평상시 '부사'를 자주 쓰는 편이다. 그러면 글이 아름답게 보일까 해서다. 어떤 때는 괜히 문장 속에 부사를 일부러 넣어 보기도 하고 아예 빼 버리고 써 보기도 한다. 부사가 쓰인 그 자리에는 고민한 흔적이 희미하게 그려진다.

왜 자꾸 부사를 습관적으로 쓰는 건가? 부사를 넣어 가만히 응시해 보면 글이 순진하고 촌스럽게 보이기도 하는데도 왜 그렇게 쓰는지 모르겠다.

50여 편의 작품 중 대부분이 초대형 베스트셀러가 된 소설가 스티븐 킹 S. King, 1947~ 은 공교롭게도 '지옥으로 가는 길은 부

사로 덮여 있다'고 부사의 위험성을 경고했다. 그 발언에 계속
이어지는 내용을 보면 다음과 같다.

> 그것은 민들레와 같다. 당신의 집 마당 풀밭에 핀 한 송이
> 민들레는 특별하고 예쁘다. 그러나 그것을 뽑지 않는다면
> 다음날 다섯 송이가 피어 있을 것이다. 그 다음 날에는 쉰
> 송이가… (중략) 결국 풀밭은 민들레로 완전히 덮여 있게 될
> 것이다. 그때쯤 되면 당신의 눈에는 그것이 잡초로 보일 것
> 이다. 그땐 너무 늦었다. _유혹하는 글쓰기

그렇게까지는 아니겠지만 좋지 않은 문장으로 전락할 가
능성이 충분히 있기에 나는 앞으로 부사를 자주 쓰지 않으려 한
다. 음식의 단맛이 입에 질리듯이 매너리즘에 빠질 가능성이 높
기 때문이다.

미국의 문학이론가 스탠리 피시 S. Fish, 1938~ 는《문장의 일》
에서 유명한 시 한 편을 실었다.

> 어느 날 길에 모인 명사들. 형용사 하나가 지나간다. 짙은
> 아름다움을 간직한 여인. 명사는 충격과 감동으로 변화를
> 겪는다. 이튿날 동사가 이들을 몰아 문장을 창조한다.' _영원
> 히', 문장의 일

문장에 있어서 조화를 강조하면서도 '부사'에 관한 이야기는 조금도 언급하지 않고 있다. 부사라는 품사는 동사보다 뭔가 파워풀하게 느껴지지 않는다. 부사는 명사같이 한 단어로 익어버린 명쾌한 느낌도 받지 못하는 것 같다.

하물며 어느 여성 소설가는 부사를 가리켜 '집 나간 막내 삼촌' 같다고 한다. 문장에서도 무책임한 행동을 일삼고, 별일도 아닌데 큰소리만 치고 있기 때문이다. 부사라는 말은 정말 나를 유혹한다. 부사를 또 썼다.

(2020. 1. 14.)

이봐! 해봤어?

− 자유인 카사노바 −

홈런 방망이의 조련사 이승엽 선수는 한때 일본 프로야구에서 맹활약한 적이 있다. 한국인의 긍지를 갖고 일본 땅에서 대단한 국위 선양을 했다.

당시 일본 매스컴에서 자주 인터뷰를 한 것을 기억한다. "교오노 시아이모 '잇쇼켄메이' 간바리마스 오늘 시합도 열심히 노력하겠습니다!"라고. 유독 '잇쇼켄메이−生懸命'라는 말을 자주 사용했다. 그것은 '목숨을 바칠 정도로' 야구를 열심히 해보겠다는 뜻이 담겨있다.

왕년의 현대 그룹 정주영 회장이 사원들에게 자주 했던 말이 생각난다. 특정 업무를 담당하는 책임자가 일을 해보지도 않고 머뭇거리거나 부정적인 답변을 내놓으면 이렇게 다그쳤다.

"이봐! (해보기는) 해봤어?".
그 일에 목숨 걸고 전심전력으로 해보고 그러냐는 뜻이다.

왕 회장은 1972년 국내 최초로 그리스 리바노스Livanos사의 경영진을 찾아가 유조선 설계 도면과 울산 미포만 백사장 부지 사진을 내밀며 선박을 발주하려고 애를 썼다. 그러나 상대방이 머뭇거리자 주머니에서 거북선이 그려진 500원짜리 지폐를 꺼내 보이며 우리 한국이 옛날부터 '조선 강국'임을 역설했다.
'목숨을 바칠 정도'의 집념으로 보물 같은 첫 오더를 따낸 '성공적인 일화'는 너무나 유명하다.

우리나라에 지하철이 개통된 지 벌써 수십 년이 된다. 얽히고설킨 지하철 라인을 우리는 일상에서 자주 경험한다. 지하철 관리 부서에서는 동시에 승객들을 위한 서비스로 에스컬레이터도 곳곳에 많이 설치하고 있다.

바쁜 일상을 살고 있는 현대인들은 뭐니뭐니해도 시간이 돈이라는 마음가짐으로 바둥바둥 살아간다. 1분이라도 아침잠을 더 자고 싶고 1초라도 빨리 서둘러야 하는 각박한 세상에 살아가지 않는가.

우리나라에서 가장 긴 에스컬레이터는 몇 년 전 개통된 대구 지하철 2호선과 모노레일 도시 철도 3호선의 환승역인 신남역에 있다. 52미터나 되는 국내 최장이라니 입이 쩍 벌어진다.

다음으로는 서울에 있는 당산역. 9호선 당산역 대합실에서 2호선 당산역 승강장까지 설치된 에스컬레이터는 총 6대로 길이 48미터의 초대형이다. 일반 건물 8층 높이로 수송 능력은 시간당 5만 4천 명이다.

그러니 자주 일어나는 안전사고 때문에 담당 책임자가 '위험 경고문'을 아예 벽타일에다 새겨놓았다.

경고문이 기가 막힌다.
"지금 들어오는 저 열차! 여기서 뛰어도 못 탑니다. 제가 해봤어요!"

독창적인 우리말 표현의 멋진 승리다. 효과는 100프로였다. 안전사고를 미연에 방지하기 위해서 '무엇이든 모두 시도해봤다'라는 뜻을 갖고 있다.

법학 박사까지 딴 이태리 사람 '카사노바'는 희대의 바람

둥이로 불린다. 그런데 뭔가 좀 다른 면이 있다. 문학, 철학, 윤리학, 화학, 수학, 의학 등을 두루 공부한 만능 재주꾼이라는 사실이다. 저서도 40여 권에 달한다니 놀랍다.

매일 영양의 보고인 굴을 60개씩 꼭 챙겨 먹었던 그는 옹녀의 연인 변강쇠와는 전혀 달랐다. 베니스에서 태어난 그는 감각의 노예였고, 여자를 사랑했지만 여자보다 자유를 더 사랑한 '자유인'이었다.

무엇보다 여성을 연구하고 여성의 가려운 곳을 긁어 주었다고 하니 범인凡人이라고는 생각할 수 없다. 파란만장한 삶을 살았지만 '철학자로 살다가 기독교인으로 떠난다'는 말을 남기고 죽는다.

'해볼 것은 다 해본' 최고의 여성 연구자라고 하면 올바른 판단일까?

무슨 분야든 '잇쇼켄메이'의 정신이라면 성공이다. 다시 말해서 목적을 위하여 전방위로 '집념'하는 상태야말로 개인이 아니라 공적인 행복을 위해서라도 유효할 것이다.

행복해지고 싶다면 삶의 시기가 어디든, 내가 좋아하는 것, 시간 가는 줄도 모르고 집중할 수 있는 대상을 찾는 일이 무엇보다 중요하다.

(2018. 10. 17.)

어느 화가의 명불허전 名不虛傳

- 글이 잘 떠오르지 않을 땐 -

꧁

도화지에 가로세로 대각선, 마음 가는 대로 맹물을 칠한다. 페르시안 블루인지 인디고 블루인지 모서리에서부터 가로로 칠한다. 잠시 마르게 눕혀둔다.

커피 한 잔 마실 정도의 잠깐의 시간을 보낸 뒤, 티슈 한장을 집어 들고 구름조각을 만든답시고 군데군데 닦아낸다. 구름 모양이 아련히 떠오른다. 먼 풍경 속에 가로로 작은 검정 선을 그으니 한겨울 눈 쌓인 오두막집이 만들어진다. 신기하다.

도화지 위에서 일어나는 수채화의 기이한 현상이다.

최근 난 부지런히 기고하던 정기 칼럼을 잠시 쓸 수 없게 됐다. 생각거리가 떠오르질 않아서다. 10여 년을 많을 땐 한 달에 서너 편, 적을 땐 한 편을 꼭 썼다. 씨름 선수로 말할 것 같으면 에너지가 다 소모해버린 거와 비슷하다. 싸움소가 케렌시 아라도 찾아 휴식을 취하러 가는 안식의 방법을 취해야 될까 싶다.

아니면 달리s. Dali와 같이 엄지와 검지로 포크를 집어 들고 눈을 감고 명상을 해볼까도 한다. 깜빡해서 아래에 놓여있는 접시에 떨어지면 그 순간 번쩍 아이디어를 찾아내는 방법이다. 잘 될지 모르지만 한번 시도해 보려 한다.

더 좋은 방법이 없을까 하고 고민 끝에 색다른 호기심이 발동되었다. 전혀 다른 분야를 관찰해보는 일도 도움이 될 것 같아서다. 낯설게 한번 시도해보면 참신한 아이디어가 구슬 꿰 듯 나올 것 같다.

진한 색감이 묻어나는 유화 붓을 도화지에 그어보고, 아 니면 수채화의 아름다움에 푹 빠져보는 것도. 아니면 파스텔의 오묘한 그림이나 일러스트에도 기웃거려 볼까 한다. 이미 미술 이라는 장르도 별세계라는 것을 알고 있었지만….

최근 어느 미술학 박사가 손수 화폭에 담는 과정을 처음 부터 눈여겨본 적이 있다. 어쩜 저렇게 알기 쉽고 재미있게 설 명해 나가는지 넋이 나가는 듯했다.

'명불허전_{名不虛傳}'이라는 명언이 맞았다. 시연을 하면서 해설하는 노련한 그의 재능에 부러움을 감출 수 없었다.

붓으로 점 하나 찍으니 바닷가 하얀 등대가 되고 막대기 하나를 그으니 전봇대가 됐다. 엷게 색을 바르니 시들어져 가는 시골 방앗간으로 바뀌는 신기함.

이건 분명 햇병아리들은 꿈꿀 수 없는 기교가 아니던가. 하루아침에 이런 기법이 나오는 것이 아닐진대 아마추어의 가슴은 내내 졸였다. 정말 명불허전이다.

'명불허전'이라는 말은, 중국 한나라 사마천이 등주 지역을 방문했을 때 여행 소감을 《사기》에 기록한 말이다.

"세상에 전하기를 맹상군이 손님을 좋아하고 스스로 즐겼다더니 그 이름이 헛되지 않도다!_{世之傳孟嘗君好客自喜 名不虛矣}"라고.

제나라 왕족 출신으로 춘추전국시대 4공자인 맹상군은 인재를 후하게 대접하여 수천의 식객을 거느린 것으로 이름이 높았다고 한다.

이름이 날 만한 까닭이 분명 있음을 말하는 것이리라. 명성이나 명예가 널리 알려진 데는 다 그럴 만한 이유가 있고, 익히 들던 대로 뛰어나거나 그에 걸맞은 타당한 이유가 있을 때

표현하는 말이다.

글쓰기가 잘되지 않을 땐 펜을 들고 무조건 써보는 것도 하나의 지혜다. 무엇이든 써보면 곧 쓸 만한 글이 되는 재목감이라는 것이다. 미술이든 무엇이든 명불허전의 기교도 곁눈질해 보면 삶에 생기가 나듯 지혜를 얻는 데 타산지석이 될 수 있다.

(2020. 8. 11.)

그가 접이의자를 구매한 '목적'은 사실 이렇다.

매일 아침 그만이 가는 산책 장소 '클로버꽃 잔디 언덕'.

고요한 새벽녘, 아침 해가 동녘 하늘에 걸려있을 때,
잔디 언덕에 올라 고즈넉이 바라보고 있노라면
마음은 어느덧 판타지 속으로 빠져든다.
고요히 클로버꽃 잔디 위 접이의자에 앉아
자연의 신비로움을 제대로 감상하기 위하여다.

4부

아이가 묻기를
'풀'이란 뭐죠?

클로버꽃 언덕

- 신神의 손수건이지요 -

매일 아침 오가는 그만의 오솔길이 하나 있다. 잔디가 푸르게 덮여있는 오솔길이다. 잔디 위에 클로버 꽃도 흐드러지게 피어있다. 감격하여 그는 잔디 언덕에 올라 하이네의 시를 읊는다.

나는 꽃 속을 거니나니/ 마음도 꽃도 활짝 피었다/ 나는 꿈꾸듯 거니나니/ 한 걸음 한 걸음 휘청거린다/ 오, 사랑이여! 나를 놓지 말라/ 그렇지 않다면 사랑에 취하여/ 사람들의 눈이 많은 이 정원에서/ 나는 네 발 아래 쓰러질 듯하다 _나는 꽃 속을 거니나니, 하이네

마냥 낭만 시인처럼 허공에다 구가하는 그의 진지한 모습

은 유럽의 어느 금빛 제복을 입은 귀족 같다.

가로 150미터, 세로 300미터 정도의 잔디다. 그가 사는 아파트 안 공원의 규모이기도 하다. 약간 굴곡진 언덕도 있지만 평지에 관상수 푸른 잔디로 이루어진 큰 정원이나 다름없으리…. 공원 이름도 말머리 공원馬頭公園이라 애교스럽게 붙어있다.

나라 땅이긴 하지만 나의 공원, 우리의 공원으로 생각하면서 살아가는 것도 뛰어난 센스다. 그렇게 살면 되는 것 아닌가. 죽을 때 잔디 흙덩이, 나무 한 그루를 메고 가는 것도 아닐테다. 몇십 년간 잠깐 꾸었다가 돌려주고 가면 되는 것 아닌가?

공원 관리인에게 자초지종을 물어보니 왕벚나무, 이팝나무, 메타세콰이어, 전나무, 자작나무, 산딸나무, 백목련, 참나무, 산수유, 독일가문비 등 다양하게 있단다.

공원 한가운데에는 늦가을 큰 잎이 달리는 마로니에 몇 그루가 원을 그리면서 듬직이 서 있다. 둥그런 원 안에서 아이들이 롤러스케이트를 탄다. 반짝반짝 빛나는 밑반석 위에서다.

여기도 예외가 아닌 양 한쪽에는 휘트니스 기구가 놓여있다. 군데군데 벤치도 있어 오가는 행인들의 행복한 모습을 눈동자 속에 담는다.

조약돌 위로 졸졸 흐르는 시냇물 소리는 모차르트 선율이다. 여름철에만 흘러내려 보내는 인공 개울. 아쉽게도 개구리, 잠자리 같은 생물은 찾아보기 어렵지만 두메산골의 도랑이나 다를 바 없다. 비둘기, 참새는 물론 소쩍새 녀석도 날아와 부리에다 물 한 모금 넣고 여유로이 하늘을 한번 쳐다본다.

공기가 맑다는 증표인가, 습기가 많다는 뜻인가? 진초록 이끼가 촘촘하고 조밀하게 덮여 일대 장관이다. 주위의 대기ㅊ氣는 동굴에서 새어나오는 냉랭한 공기나 다름없다. 아니, 아파트 안 공원에 어찌 이런 일이 있을 수 있단 말인가!

한여름으로 들어서니 눈에 띄는 건 잔디 속에서 자라는 클로버들. 진귀한 네잎 클로버는 어디 숨었는지 뒤져보질 않았지만 언덕 여기저기에 클로버 꽃이 소담스레 피어있다. 지친 나그네들의 가슴 속을 힐링해 준다.

한겨울 땅속에 숨어있던 클로버 씨가 봄이 되어 싹을 틔우더니 이젠 꽃망울마저 활짝 터뜨렸다. 길손들에게 생기와 희망을 주어 고맙다는 말밖에….

19세기 시인 월트 휘트먼W. Whitman은 다음과 같이 읊지 않았는가.

아이가 묻기를 풀이란 뭐죠?/ 고사리손 가득 나에게로 들
고 오며/ 어찌 답할 수 있을까/ 그 애가 모르는 건 나 역시
모를 테니/ 추측하기로 그것은 내 본성의 깃발일 거야/ 희
망에 가득 차 푸른 기운으로 엮어낸 직물이랄까/ 그게 아니
라면 신의 손수건일 거라 추측해 보네 _풀잎, 휘트먼

진정 풀잎은 신의 손수건일지도 모른다. 신은 분명 있는
가 보다. 이렇게 절묘하게 생명이 돋아나는 것을 보면 말이다.

(2018. 7. 16.)

소확행으로 가는 길

- 책방까지 걷는다 -

　나는 책방에 자주 가는 편이다. 그 안 아늑한 곳에 깨끗하고 네모난 카페가 하나 있다. 그곳에 앉아 커피 한 잔과 따끈한 맹물 한 잔을 주문한다.

　어제 하루의 감상을 쓰고 마음 편한 내용의 신간 서적을 몇 권 골라 읽는다. 은은히 들려오는 오르골 소리를 들으면서다.

　운이 좋은지 테이블 옆에 향수병이 가지런히 진열되어 있다. 판매용 견본인지 여러 개 조그마한 막대가 하나씩 꽂혀 있다. 막대에서 울려 퍼지는 향이 감미롭지만 오히려 커피의 진한 향에 진하게 매료된다.

　주변은 온통 신간 서적들로 공간이 메워지고 소음이라고

는 어디 하나 찾아볼 수 없다. 가끔 철모르는 꼬마 녀석이 엄마와 같이 외출 나와 여기저기 뛰어다니면서 냅다 큰소리를 지르는 것뿐이다.

책방에 막 도착하면 손을 씻는다. 그렇게 더럽지 않은 손이지만 맑은 정신을 위하여 찬물로 씻어버린다. 집에서 이곳까지 걸어오면서 스트레칭을 한 탓인지 정신이 초롱초롱하다. 그 모습이 보기에는 우스꽝스러울지 모르지만 개의치 않으려 한다. 매일 아침 지나쳐가는 공원 오솔길, 가로수길, 보도블록 길에는 행인들이 없어 고요하기만 하다.

걷기를 하면서 하는 동작은 특별나지 않다. 그저 좌우로 흔들면서 스트레칭하는 정도다. 육사 생도같이 팔을 높이 치켜들고 당당하게 걷는 자세도 취해 본다. 어깨와 팔의 높이를 평행하게 하여 몸의 균형을 맞추어 걸어가기도 한다.

군데군데 건널목에 빨간 신호등이 켜져 있을 때는 앉았다 섰다를 반복해 본다. 무릎 관절의 유연함에 상당한 효과가 있어서다. 내가 다니는 건널목은 책방까지 네댓 군데 있어 무릎 관절에 충분히 자극을 줄 만한 시간이다.

책방을 오가는 시간은 족히 1시간. 이런 식의 걷기를 벌써

10년 가까이 해왔으니 소개할 만도 하지 않는가. 운동 시간을 일과에서 굳이 빼낼 필요가 없고, 건강도 유지하고 일상의 시간도 절약되니 일거양득이다. 이렇게 걷기 운동을 꾸준히 해가면서 집에 도착하면 말할 수 없이 활기찬 기분이다.

미국의 사회학자 올든버그R. Oldenberg는 1991년 발행한 그의 저서《정말 좋은 공간The great good place》에서 스트레스 해소와 에너지 충전을 위하여 별도의 공간을 특별히 제시했다.

다름 아닌 책방, 카페, 바, 미용실 등의 '제3의 공간'을 들고 있다. 당연히 제1의 공간은 집이고 제2의 공간은 직장이다. 이 같은 제3의 공간이야말로 아무런 격식이 없고 소박하며, 수다도 떨 수 있는 곳이다. 더욱이 출입의 자유가 있고 음료도 마실 수 있으니 자유로운 장소임이 틀림없다.

우리 사회의 트렌드 예언가 김난도 교수는 '공간'에 대한 올해의 트렌드를 미리 예언했다. 흔히 보는 유통 공간이 책방으로, 카페로, 전시회장으로 변신할 것이라고….

카멜레온이라는 동물이 주변 상황에 따라 색깔을 바꾸듯 현대인들의 소비 공간은 이제 상황에 맞춰 변신하는 카멜레존zone이어야 한다고 말한다.

시장의 급변에 따른 필연적 변화로 위축된 오프라인 상권이 다시 고객을 모아야 하고, 날씨 변화에 따라 실내로 모여드는 소비자들에게 새로운 경험을 제공해야 하기 때문이다. 무엇보다도 고객이 바라는 참신한 '공간의 콘셉트'가 무엇이냐에 따라 성패를 판가름할 것이다.

제3의 공간 '책방'은 어떻게 보면 자기 계발의 좋은 장소이며 일과 취미 활동을 할 수 있는 자신만의 정신적 공간이 된다. 내가 다니는 책방은 그야말로 소확행의 길로 가는 둘도 없는 첩경이라 할 수 있다.

(2019. 2. 20.)

둘이서 활짝 웃는 모습을

－ 접이의자 －

&

　한여름 아침 8시. 그만의 장소로 가는 길에 조용한 카페에 들러 모닝커피를 했다. 젊은 아가씨 둘이서 일찍부터 고성방담이다. 짜증이 났지만 그 둘은 잠시 떠들다 사라졌다.

　오늘도 극한 폭염이다. 그는 어제 하루 외출하지 않았다. 거의 매일 그만의 장소로 향하는데 오죽하면 하루를 집에서 쉬었을까. 어제는 종일 잠만 잤으니 머리가 띵했다. 게다가 연일 38도 이상이 계속된 것도 그 이유다.

　아니! 갑자기 그의 고향, 분지 '대구의 날씨'가 생각났다. 옛 고교 시절, 학교에서 돌아오던 아스팔트 길. 버스가 다니던 길에 쑤욱 패어 들어간 바퀴 자국이 머리에 떠오른다. 그때도 날씨라면 전국에서 1등 자리를 놓치지 않았다. 더운 것이 뭐가 자랑이라고 지금도 1등을 놓치지 않는다. 그런 연유에선가 대구의 빨간 능금이 그리 맛있었던가.

오늘은 엄청난 폭염이라 다른 방법을 택했다. 평상시보다 1시간 반이나 빨리 출발한 것이다. 햇살이 덜 뜨거운 시간대에 나가는 것이 좋을 것 같아서다. 그리고 즐겨 하는 걷기 운동에 효율이 더 나을 것 같아서다.

새삼 잔디 오솔길을 피하여 가로수 길로 방향도 바꾸어보았다. 듬성듬성 나무 그늘이 있으면 갯도랑의 다릿돌을 건널 때처럼 두 다리를 쭉 뻗으면서 밟고 가는 거다.

제발 소낙비 같은 폭우가 시원히 쏟아지거나 작은 태풍이라도 소리 없이 지나길 바란다. 지열을 좀 식히게…. 그렇지 않으면 가느다란 보슬비라도 대지에 촉촉이 적셔주었으면 좋겠다.

그러나 일기예보에는 전혀 그럴 기미조차 보이질 않는다. 어여쁜 여성 예보관이 제주도만 빼고 전국을 깡그리 붉은색으로 표시해버렸다. 그렇게 한반도를 온도 표시로 설명한들 뾰족한 해결 방법이 있는가? 기껏 서태평양 괌에서 태풍 하나가 발생했다고 하지만 그것도 일본 열도 북동쪽으로 방향을 바꿀 것이라니 마냥 예보관이 밉기만 하다.

그저께 온라인 쇼핑으로 신청한 '캠핑용 접이의자'가 도착했다. 박스로 포장되어 있어 보기에 클 줄 알았는데 열어보니 의외로 작다. 손자 녀석이 앉아서 어른 행세라도 하면 기가 막히게 잘 어울릴 듯하다. 구입하기 전 상품의 치수를 대충 알고 있었지만 실제로는 너무 작은 의자다. 아니 그가 바라던 대로가 아닌가.

그가 접이의자를 구매한 '목적'은 사실 이렇다.

매일 아침 그만이 가는 산책 장소 '클로버꽃 잔디 언덕'이 있다. 고요한 새벽녘, 아침 해가 동녘 하늘에 걸려있을 때, 잔디 언덕에 올라 고즈넉이 바라보고 있노라면 마음은 어느덧 판타지 속으로 빠져든다. 마치 일본 디즈니랜드에서 벌어지는 야간 행진 퍼레이드나 피터 팬의 하늘 여행 때처럼 말이다. 그런 판타지를 그는 늘 보고 싶은 거다.

매일 황홀한 감상을 하고 있으니 얼마나 행복한 일인가. 호젓한 클로버꽃 잔디 위 접이의자에 앉아 자연의 신비로움을 제대로 감상하기 위해서다.

가로 22, 세로 27, 높이 44센티 크기의 앙증스럽게 생긴 접이의자. 비록 커피 한 잔 값에 지나지 않는 값이지만 하나 더 구입하여 손자 녀석을 옆에 앉혀 함께 음미하면 좋으련만….

그러나 손자는 지금 옆에 없다. 현해탄 너머 있다. 이제 막 네 살밖에 되지 않는 이 녀석은 잔디 언덕에서 신나게 뛰어 놀 거다. 손자 녀석은 빨강 의자에, 그는 쪽빛 의자에 앉아있으면 정말 잘 어울리는 한 쌍일 텐데….

둘이서 마주 보고 있는 정다운 모습을 그는 사진에 담으려한다. 둘이서 활짝 웃는 모습과 장난기 있는 모습을 담아 거실에 걸어놓으려 한다.
분명 멋진 작품이 될 거로 생각한다. 이보다 행복한 일이 또 있겠는가?

(2018. 8. 7.)

한여름 아침 4시간의 고요

- 팝콘 튀듯 하는 아이디어가 -

20세기 초현실주의 화가 살바도르 달리S. Dali는 아이디어를 이렇게 찾는다. 팔걸이 걸상에 앉아 엄지와 중지로 숟가락을 살며시 잡고 잠을 청한다. 바로 아래에 접시를 놓고서….

새로운 아이디어나 복잡한 문제의 해답을 생각하면서 잠에 든다. 숟가락이 떨어지자 잠에서 깬다. 그 순간 아이디어가 번갯불같이 떠오른다는 것이다.

난 가끔 생각이 정지되는 때가 있다. 그 정지된 시간엔 금방 떠올랐던 것, 잊어버리지 않으려고 메모해두고 싶은 것들이 시간에 관계없이 순간순간 일어난다.

아침에 일어나 면도하고 샤워하고 머리를 말리고, 거기에

펌 오일을 발라 연출하고 싶은 머리형으로 꾸며보려는 의지. 비싼 옷은 아니지만 위아래의 색깔이나 옷감이 앙상블을 이루려는 마음으로 일상에 아로새겨져 있다.

그런 후 난 바른 자세로 아침 식사 테이블에 앉는다. 아침 끼니는 빠트리지 않고 밥 한 공기에, 된장국에, 간단한 반찬으로 한다.

이런 일상의 의지와 마음이 동요될 때엔 의외의 놀라운 아이디어가 떠오르는 걸 보면 신비롭기만 하다.

그래! 치아에 신경 쓰는 일도 중요한 일이지. 치아가 튼튼해야 모든 장기도 원활히 운용되니 철저히 관리해야 할 것이 아닌가. 그뿐인가, 치실까지 동원하여 구석구석 후미진 곳을 긁어내야 해. 치아 때문에 혼쭐이 단단히 난 일이 있었기 때문이다.

그러는 동안 생각이 팝콘 튀듯 한다.

나의 외출 모습이 이대로가 괜찮다고 뇌에서 명령이 내리면 곧 신발을 신는다. 구두를 신을 것인가 운동화를 신을 것인가를 정한다. 강의가 있는 날이면 황색 구두와 감색 바지로 하고, 한여름의 셔츠는 거기에 맞게 밝은 것을 골라 입는다.

아이구, 늦어버렸어! 메모. 놓치면 안 되니 핸드폰에 녹음해둬야지!

나는 이럴 때 행복하다. 아름다운 음악을 들으면서 글을 쓸 때, 그것도 그냥 생각나는 대로 줄줄 써 내려갈 때다. 나아가 자료 수집이 끝나고 수집된 자료를 요약하고 그것을 주어진 테마에 맞게 최고의 맛집 문장을 짜내는 시간이다. 대충, 들어가는 글, 본 내용, 마무리 글, 이 세 가지가 정해지고 중요 부분의 사실들이 확인될 때다.

읽는 이가 권태로움을 느끼지 않을 정도의 분량인 A4 용지 1쪽 7행에 맞출 때 일어나는 마음의 소용돌이, 그 시간이 흡족히 느껴진다.

누가 뭐라 하든 내가 뭘 먹고 배고픔을 해소하든 한 잔의 커피와 함께 머릿속 그림을 그려갈 땐 그 이상의 기쁨과 환희는 없다. 왜 작가가 글을 쓰는지 실감한다.

이런 식이라면 끝없이 전진할 것 같다. 정신없이 몰입해써 나가다 보면 생뚱맞게 '건강'이라는 것이 자꾸 눈에 어른거린다. 수많은 활자를 눈으로 보고 펜으로 글을 써내려갈 땐 괜스레 노파심이 꼬물꼬물 일어난다. 소중한 두 눈이 혹시나 해서…. 그건 다가올 어쩔 수 없는 삶의 미래일 수밖에.

나는 가끔 오후에도 글을 쓰지만 능률이 별로다. 아침형이라 옛날부터 쭉 그래 왔으니 어쩔 도리가 없다. 그러니까 아침 4시간이 아이디어 창출의 주된 시간으로 단정하는 거다.

최근 읽은 《고양이》의 저자 베르나르 베르베르도 공교롭게 아침 4시간이 그의 글쓰기의 주된 시공간이란다. 글로벌 독자 팬을 가진 수천만 권의 베스트셀러 주인공. 상상력이 풍부한 그의 두뇌가 부럽기만 하다.

글의 상상력을 나의 뇌에게 모두 맡기면서 소박한 마음으로 고집을 부려본다. 영원한 존재로 남기 위한 나만의 독특한 무대를 아기자기 그려 보련다. 나도 모르게 흡족한 하루가 되어 소소한 행복에 젖는다.

(2019. 7. 29.)

걷기의 철학

– 걷지 않으면 길도 몰라요 –

몇 해 전 동네 지인들과 함께 한라산을 다녀온 적이 있다. 난생처음 가는 부부 동반이다. 한겨울 한라산의 백옥같이 빛나는 설경은 정말 아름다워 잊을 수 없다.

산행의 리더는 지역산악회를 운영하는 베테랑 등반가. 모든 걸 그에게 맡기고서 산행을 시작했다.

그런데 이런! 알고 보니 건강의 척도를 그대로 알아볼 수 있는 찬스가 아닌가! 뒤꽁무니는 항상 우리 부부.

한참 따라 올라가면 선두의 몇 명은 이미 중간 휴게소에 도착하여 휴식을 취하고 있다. 그들이 어느 정도 휴식을 끝낸 뒤 다시 출발할 즈음, 그제야 우리 부부는 중간 휴게소에 도착하여 쉬려 한다. 그러자 의기양양 그들은 막 출발하려 하니 약이 오른다.

나 혼자만 땀이 흐르는 듯 한겨울인데도 온몸은 땀범벅이다. 정상에서 하산할 때 설산 등산로는 그야말로 스키장의 슬로프를 방불케 한다. 걸어서는 내려오지 못할 정도로 많은 적설량이어서 저절로 미끄럼 타는 모습은 만화영화 미키마우스 꼴이나 다름없다.

그것도 한순간, 숙소에 도착하자 나는 갑작스러운 한기로 극심한 오한이 들었다. 방에 들어서자 그대로 쓰러져 오들오들 떨기 시작한 것이다.

등산복 안 내복이 문제였다. 미련하게도 한겨울에 입던 옷을 그대로 입고 산행을 한 거다. 땀이 배어 마르지 않은 상태로 체온이 급강했기 때문이다. 한겨울 등반 시 기본 주의 사항을 전혀 몰랐던 무지한 초짜배기. '기능성' 속옷의 대단한 효력을 이제야 발견할 줄이야!

산행의 경우와 다르겠지만 '걷기' 운동이 우리 몸에 미치는 영향이 예상보다 다양함에 놀란다. 고혈압은 물론 당뇨, 골다공증, 암 등을 예방할 뿐 아니라 걷기를 잘하면 무릎, 어깨, 발목, 척추 등의 관절에도 훌륭한 운동이 된다.

그런데 잘 실천하기 위하여 몇 가지 주의할 필요가 있다. 걷기에 적합한 신발을 구입할 때는 엄지발가락 앞 공간이 적어도 1.5센티 정도 여유가 있어야 좋다. 게다가 몸에 붙는 내의는 땀이 잘 흡수되는 기능성 옷감으로 반드시 차려입어야 한다. 내가 겪었던 '혹독한 한라산 오한 경험'으로 충분히 수긍이 간다.

걸을 때의 자세는 턱을 아래로 당기고, 시선은 전방 15도 위를 쳐다봐야 한다. 동시에 어깨와 등은 곧게 펴고 손목에 힘을 뺀 후, 주먹을 살짝 쥐면서 앞뒤로 자연스럽게 흔들어준다. 당연히 허리를 곧게 펴야 하고 배에 힘을 주어 자세가 흐트러지지 않도록 주의를 기울이는 것이 최고의 방법이다.

걷기 전문가에 의하면 발을 내디딜 땐 '먼저 발뒤꿈치, 그리고 발바닥, 발가락 순으로' 하는 것이 가장 효과적인 걷기 방법이라 한다. 소위 '마사이족' 걸음걸이다.

발은 바깥쪽이나 안쪽을 향하지 않고 11자를 유지하면서 보폭은 어깨너비 정도로 걸어야 효과가 있고 보기에도 좋다.

속도는 완보, 산보, 속보, 급보, 강보, 경보 등 여러 가지가 제시된다. 그중에서 본인에게 가장 적합한 것을 선택하면 금상첨화다.

현대에 사는 우리들은 그다지 '걷기'를 하지 않는다. 자동차의 등장으로 모든 것이 자동차를 위한 편리한 구조로 변해 왔다. 심지어 비가 오면 직장이 있는 곳까지 비 한 방울을 맞지 않고 출근하고 가정으로 돌아온다.

도로변에 어떠한 아름다운 건물과 상점이 즐비해 있는지, 그 안에 어떤 상품이 판매되는지 알 길이 없다. 걷지 않기 때문이다.

도시공학을 전공한 어느 학자는 최소한 8초를 보아야 알 수 있단다. '걷기'를 함으로써 간판의 글자도 상품의 내용도 익히 알 수 있다.

(2019. 5. 6.)

삶을 신 나게 하는 것들

– 까치나 참새의 마음으로 –

인생과 자연을 사랑하는 풀꽃시인이 '여름'의 전경을 절절
히 읊은 적이 있다. "적어도 나는/ 새들처럼 모이를 쪼고/
높은 가지 열매를 딸 수 있지만/ 새들이 마신 공기를 함께
마실 수 있다"라고.

동감이다. 일산 마두동 나만의 잔디 언덕. 홀로 산책하며
이렇게 맛보니 저절로 삶의 의욕이 솟는다.

나는 '잔디 언덕'을 좋아한다. 거기에 갈 때는 백팩 가방
에 따뜻한 강황 물 한 병, 작은 접이의자 두 개를 곁들여 들고
간다. 깔판 하나도 백팩에 넣고, 제법 큰 목적을 이루기 위하여
출정하는 등반가처럼 단단히 준비를 하고 나선다.

손자와 한때 잔디 언덕에서, 나는 남색 의자, 아이는 빨간색 의자에 앉았다. 둘이서 나란히 사진도 찍고 즐거운 순간을 보내던 아련한 그때를 잊을 수 없다.

아침 일찍 산책 나온 견공들이 여기저기에 보인다. 그중 강아지 한 마리가 나를 보고 깡깡 짖는다.

"뭘 하는 아저씨예요?"
내가 궁금하나 보다.
"어이! 너하고 나하고는 아무런 관계도 없어. 너는 너대로 살면 되고 난 나대로 살면 돼!"
너무 딱딱하고 무정한 소린가?

대부분 강아지는 작고 귀엽다. 어느 땐 진돗개같이 명석해 보이는 놈도 있지만, 아프리카 정글 속에 사는 고릴라같이 큰 놈도 있다. 걸어가는 모습이 마치 야수로 분장한 인간의 모습과 같다. 진짜 고릴라 한 마리 가격쯤 할 텐데….

꽤 멀리서 정겨운 새소리가 들린다. 꿈결에서나 들어볼 수 있는 소리다. 실은 먼 곳에서 나는 소리가 아니고, 가까운 나무 위에서 나는 거다. 부엉이 소리이기도 하고 소쩍새 소리이기도 하다.

궁금하다. 한번 새 박사 윤무부 교수에게 곰곰이 물어봤으면 싶다. 그런 아름다운 소리가 어떻게 나느냐고….

아침이고 낮이고 밤이고 정겹게 들려주니 얼마나 고마운가! 시골이 아닌 아파트 단지에 이런 아름다운 새가 지저귀고 있다니 저절로 굴러들어온 또 하나의 행복덩이가 아닌가!

매화나무 아래에 어제는 매실이 여러 개 떨어져 있었다. 떨어진 지 며칠 된 것 같다. 약간 노란 색깔의 것도 갓 떨어진 초록색 것도 있다.

바로 옆에 까치 한 마리가 그것을 의젓이 부리로 쪼고 있다. 그냥 먹어버리려는 건지, 아니면 먹을 걸 고르는 건지 알 수 없다. 스쳐 가는 나를 발견하고 잔뜩 경계를 하지만 멀리는 도망가지 않는다. 은근슬쩍 다가가니 확 날아가 버린다. 별로 해코지도 하지 않았는데….

덩달아 참새 여러 마리가 매실나무 아래에 쪼르륵 모여든다. 짹짹짹 가느다란 목청으로 보아 태어난 지 얼마 되지 않은 것 같다.

빠르기는 물 위를 걸어 다니는 '긴다리 소금쟁이'만 하다. 풀잎처럼 가늘게 떨리는 목소리로 화음을 구성지게 잘 낸다. 청아한 소리가 아름답다.

들락날락하는 걸 보니 바로 옆 물푸레나무나 영산홍 덤불

속에서 어젯밤을 보냈을 것 같다. 어떤 모습으로 잠을 잤을까?

어디에선가 까치 한 마리가 날아와 소란스럽게 떠든다. 경계는 하지만 다른 새와 비교하면 의젓이 움직이는 것이 듬직하다.

나는 종종 무료함을 달래기 위해 집 베란다에 헌식대를 매달아 놓는다. 먹이는 동그란 모양의 비스킷 20개 정도. 아니 오늘 아침에 일어나 보니 아무것도 없다. 까치가 한 짓이 틀림없다. 엊저녁 입에다 물고 재빨리 날아가는 모습이 순간 보였다.

"아저씨! 저, 엊저녁부터 밤새 달콤 비스킷을 우리 집으로 하나씩 옮겨놓았어요. 고마워요! 잘 먹을게요."

(2019. 8. 9.)

궁금한 것이 많아요

- 잔디 언덕에서 -

✿

이젠 고양이가 등장한다. 허리 쪽 등은 약간 검은 색이지만 흰색 무늬가 배 쪽에 크게 그려져 멋지다.

큰 시선으로 보면 허리를 쭉 펴고 움직이는 것이 저 아프리카 세렝게티 광야에서 이동 중인 사자 모습 같다.

"어이! 지난밤 너도 잘 잤는가?"
대꾸도 하지 않고 어디론가 천천히 사라진다.

나만의 잔디 언덕을 청소한 지 11일째다. 잔디 언덕 바로 앞은 초등학교 정발 초등 후문으로 들어가는 샛길이 있다.

꼬맹이들이 오전 9시가 가까워지면 집중적으로 후문을 통하여 등교한다. 그야말로 매일 야단법석이어서 잔디에 '외줄기

길'까지 생겼다.

자연과 인간의 순환적 질서를 노래한 생태시가 있다. '잔디밭'을 비유적으로 읊고 있다.

> 천변 잔디밭을 밟고 사람들이 걷기 운동을 하자/ 잔디밭에 '외줄기 길'이 생겼다 / 어쩌나 잔디가 밟혀 죽을 텐데/ (중략) / 저 사람들의 말소리가 저렇게 청량하랴. _잔디에게 덜 미안한 날

자연과 인간의 조화로운 관계를 잘 탐색하는 듯하다. 사람들의 청량한 말소리와 웃음소리에서 생생한 풀꽃냄새가 난다며 자연의 생명력이 사람에게 전이되었음을 멋지게 노래하고 있다.

이 잔디 언덕으로 많은 아이가 지나쳐가니 버려진 것도 많다. 학교에서 나누어준 우유 팩, 눈깔사탕 비닐, 쭈쭈바 막대기 등이 대부분이다.

하필이면 후문 샛길로 통학하는 걸까? 화장실 뒤편을 지나는 길이어서 냄새도 좀 날 텐데….

"아저씨! 그래도 이 길이 너무 편해요! 좀 더 빨리 교실 안으로 들어갈 수 있으니까요…."

축구공을 차면서 등교하는 아이도 있다. 잔디를 못살게 굴면서 후문을 향하여 단독 드리블을 하며 간다. 교장 선생님한테 분명 주의 말씀을 많이 들었을 텐데….

연이어 자전거를 탄 아이가 아예 내가 좋아하는 잔디 언덕을 한 바퀴 돌고 재빨리 사라진다. 산악자전거를 처음 도입한 가수 김세환같이 날쌔다.

정말로 밟혀 죽은 잔디 싹들이 아이들 몸속에 파릇파릇 살아있어 힘이 펄펄 넘치는 건가.

오늘따라 언덕이 온통 초록빛으로 빛난다. 오가면서 늘 관찰하는 푸른 언덕. 겨울에는 약간 누릇누릇하지만 늦가을까지는 제법 초원을 연상케 한다. 소나무를 중심으로 굴곡진 부분도 있지만 낮은 언덕에 잔디가 덮여있는 것이 자못 목가적이다.

갑자기 잔디 깎는 인부들이 매몰차게 기계음을 내면서 벌초 작업을 한다. 벌초가 아니라 잔디를 살리기 위한 일이란다. 내가 아끼는 오목한 언덕배기에는 다른 곳에서 볼 수 없는 희귀한 야생초 군락이 있다. 완전히 깎이어 멸종 일보 직전이다. 잔디를 짧게 깎는 이유는 숙적 클로버를 죽이기 위한 작업이라고.

비 온 후 촉촉이 물에 잠겨있는 그 진귀한 야생초의 모습을 볼 때마다 생기발랄하여 난 강력한 기력을 받아 좋다. 아니 그것보다 마음의 위로를 듬뿍 받아 애지중지 보살피지 않을 수 없다.

"그런데도 잔인한 인간들이 벌초를 해버린단 말이지! 너희들하고는 상종도 하고 싶지 않아!"
야생초가 버럭 화를 내는 듯하다.

웬일인가, 어제까지 보였던 잔디 언덕의 자작나무가 사라졌다. 구부정하게 기울어진 채 늘 위험한 모습으로 서 있더니 말이다.
추운 지방에서만 산다는 나무가 여기에 외로이 서 있어 늘 조마조마했다. 자태가 우아하여 숲속의 여왕이라 하지 않는가? 하얀 눈과 하얀 곰에 잘 어울리는 백색의 깨끗한 나무. 인부의 톱으로 잘려나간 자국을 보니 마냥 가슴 아프다.

오늘은 궁금한 자연의 일들이 많았다. 내일은 또 어떤 주인공이 등장할지 궁금하다. 한여름 나만의 잔디 언덕에서 소소한 행복의 아침을 맞는다.

(2019. 8. 18.)

새롭고 낯설게 보이는 순간

초판 1쇄 인쇄 2020년 09월 16일
초판 1쇄 발행 2020년 09월 23일
지은이 김원호

펴낸이 김양수
디자인·편집 이정은
교정교열 박순옥

펴낸곳 휴앤스토리
출판등록 제2016-000014
주소 경기도 고양시 일산서구 중앙로 1456(주엽동) 서현프라자 604호
전화 031) 906-5006
팩스 031) 906-5079
홈페이지 www.booksam.kr
블로그 http://blog.naver.com/okbook1234
포스트 http://naver.me/GOjsbqes
이메일 okbook1234@naver.com

ISBN 979-11-89254-42-1 (03800)